AF653667

कथाक्रम

कथाक्रम

डॉ. बदरीनाथ कपूर

ग्रंथ अकादमी, नई दिल्ली

प्रकाशक : ग्रंथ अकादमी, 1659 पुराना दरियागंज, नई दिल्ली–110002
सर्वाधिकार : सुरक्षित / संस्करण : प्रथम, 2014 / मूल्य : दो सौ रुपए
मुद्रक : भानु प्रिंटर्स, दिल्ली ISBN 978-93-83110-25-4

KATHAKRAM by Dr. Badri Nath Kapoor Rs. 200.00
Published by Granth Akademi, 1659 Old Darya Ganj, New Delhi-110002

विषय सूची

शब्द वृत्तांत

भूमिका

संयोग ही कहिए कि पुराने कागज-पत्रों को हटाते-बढ़ाते कोई 40-45 वर्ष पूर्व की लिखी हुई कई छोटी-मोटी रचनाएँ अनायास हाथ लग गईं। इन्हीं में से कुछ रचनाओं को 'कथाक्रम' नाम से प्रकाशित करने के लिए प्रवृत्त हुआ हूँ। दो पौराणिक वृत्तांत हैं—'शकुंतला' और 'गौतम बुद्ध'। ये बँगला के प्रसिद्ध कथाकार तथा चित्रकार अवींद्र कुमार ठाकुर की अनूठी कृतियाँ हैं, जो अपनी चित्रमयता के लिए जानी जाती हैं। इनका छायानुवाद आपके सम्मुख है। दो यात्रा-वृत्तांत हैं—'उत्तराखंड की ओर' और 'सूर्योदय के देश में'। शब्द-वृत्तांत के अंतर्गत हिंदी के पाँच शब्दों पर प्रयोगपरक निबंध हैं। ये भी अपने तरह के अलग ही निबंध हैं।

मुझे पूर्ण आशा है कि पाठक-वृंद इस पुस्तक को रुचिपूर्वक पढ़ेंगे।

—डॉ. बदरीनाथ कपूर

पौराणिक वृत्तांत

विषय सूची

शकुंतला

एक जंगल था—घना और सुनसान! उसमें बरगद के बड़े-बड़े पेड़ थे। एक-से-एक ताड़ और आबनूस थे। छोटी-छोटी पहाड़ियाँ और ऊँचे-ऊँचे पहाड़ थे और थी उसमें एक छोटी सी नदी—मालिनी।

मालिनी का जल शांत था और शीशे की तरह साफ भी। उसमें किनारे के पेड़ों, झोंपड़ियों, नीले आकाश और लाल बादलों की परछाइयाँ साफ-साफ दिखाई देती थीं।

वह वन नदी के किनारे था। उसमें तरह-तरह के जीव-जंतु रहते थे। तालों में दिन भर कहीं हंस और कहीं बगुले तैरते रहते थे। छोटी-छोटी चिड़ियाँ और तोते घने पेड़ों की डालों पर फुदकते-कूदते, चहकते-फिरते और उनके कोटरों में घोंसले बनाते रहते थे। कुश के जंगलों, धान के खेतों, हरी-हरी घासवाले मैदानों पर हिरनों की टोलियाँ और उनके छोटे-छोटे बच्चे चौकड़ियाँ भरते रहते थे। वहाँ बसंत ऋतु में कोयलें गातीं और वर्षा ऋतु में मोर नाचते थे।

लगभग तीन हजार वर्ष पहले उसी जंगल में विशाल वृक्ष के नीचे महर्षि कण्वदेव का आश्रम था। उस आश्रम में जटाधारी तपस्वी कण्व और माता गौतमी रहती थीं। घास-फूस की उनकी झोंपड़ी थी। पेड़ों की छालें वे पहनते थे। उनकी गोशाला गायों से भरी रहती थी। चंचल बछड़े थे और कितने ही उसमें पेड़ों की छालें पहननेवाले ऋषियों के बालक रहते थे। वे कण्व ऋषि से वेद पढ़ते थे, मालिनी के जल में खड़े होकर तर्पण करते थे, जंगली फलों से अतिथियों की आवभगत करते थे और जंगल के फूलों से अंजुलियाँ भर-भरकर देवताओं को चढ़ाते थे।

और क्या करते थे?

वे जंगल में घूम-घूमकर हवन के लिए लकड़ियाँ इकट्ठी करते थे, काली और धवली गायों को चराने ले जाते थे। हरे-हरे मैदान थे, जिनमें गाएँ और बछड़े

चरते थे। ऋषिकुमार उनकी रक्षा करते और पेड़ों की छाया में खेलते रहते थे। घर-घरौंदे बनाने के लिए उनके पास रेत थी, मोर बनाने के लिए उनके पास गीली मिट्टी थी और बजाने के लिए उनके पास वेणु—बाँस की बंसी थी। वन के हिरन और मोर, माता गौतमी के मुख से सुनी हुई देवों-दानवों की युद्ध-कथाएँ और कण्व ऋषि के मुख से निकले हुए सामवेद के मधुर गान उनके संगी-साथी थे।

वहाँ सबकुछ था। केवल बालिका शकुंतला—अँधेरे घर की माणिक ज्योति—वहाँ नहीं थी।

एक दिन निस्तब्ध रात्रि में उसी तपोवन में रूप की प्रतिमा दुधमुँही बच्ची शकुंतला को अप्सरा मेनका छोड़ गई थी। रात भर वन के पक्षी अपने डैनों की छाया से तथा अपने हृदय से लगाकर उस बालिका की रक्षा करते रहे।

वन के पक्षियों में भी दया-भाव होता है, किंतु पत्थर के कलेजेवाली उस मेनका में जरा भी दया-भाव नहीं था।

उस दिन भोर में ही ऋषिकुमार जंगल से फल-फूल लाने के लिए गए हुए थे। उन्होंने आँवले के पेड़ों से आँवले, हरीतिकी के पेड़ों से हरीतिकी और इमली के पेड़ों से इमली इकट्ठी की। इसके बाद पेड़ों से फूल तोड़ते समय उन्होंने पक्षियों के झुंड के बीच में फूल-सी सुकुमार और सुंदर शकुंतला को पड़ी हुई देखा। उन्होंने मिलकर उसे उठा लिया और लेकर महर्षि कण्व के पास पहुँचे। उनके साथ वन के कितने ही पक्षी और पशु भी ऋषि के तपोवन में चले आए और फिर वहीं रहने लगे।

शकुंतला उसी वन में, उसी विशाल वृक्ष की छाया में, उसी झोंपड़ी में, माता गौतमी की गोद में पलने और धीरे-धीरे बढ़ने लगी।

और फिर जब शकुंतला सयानी हो गई तब कण्व ऋषि उसके लिए वर ढूँढ़ने तपोवन से निकल पड़े। जाते समय तपोवन की व्यवस्था का भार वे शकुंतला को ही सौंपते गए।

जो उसके अपने माँ-बाप थे, उन्होंने उसे पराया समझा और जो उसके लिए पराए थे, उन्होंने उसे अपना बना लिया। ऋषि कण्व उसके अपने पिता थे, माँ गौतमी उसकी अपनी माँ थीं, ऋषि बालक उसके अपने भाइयों के समान थे। गोशाला के गाय-बछड़े भी उसके अपने थे, यहाँ तक कि वन की लताएँ और पत्ते भी उसके लिए अपनों ही जैसे थे। उसकी दो प्रिय सखियाँ अनुसूया और प्रियंवदा भी अपनी थीं। उसका एक अपना था बिना माँ का मृगछौना—बहुत ही छोटा और

बहुत ही चंचल।

वे तीनों सखियाँ क्या करती थीं?

वे घर के काम करती थीं, आए-गए अतिथियों का सेवा-सत्कार करती थीं, सुबह-शाम पेड़-पौधों को जल से सींचती थीं और आम के पेड़ के साथ मल्लिका लता का ब्याह रचाती थीं। इन कामों के सिवा शकुंतला की सखियों को एक काम और भी करना पड़ता था, वह था माधवी लता को हर रोज सींचना। उन्हें विश्वास था कि जिस दिन यह लता फूलेगी, उसी दिन सखी शकुंतला का वर भी आएगा।

इन कामों के अलावा, उनके लिए कुछ और काम भी थे। मृगछौनों की तरह वे इस वन से उस वन में खेलती-कूदती और दौड़ती-फिरती रहती थीं। भौंरों की तरह लता-मंडपों में गुनगुनाते हुए कहानियाँ कहती थीं, हंसनियों की तरह मालिनी के शीतल जल में क्रीड़ाएँ करती थीं; और फिर प्रतिदिन सायंकाल अँधेरी राहों से वन-देवियों के समान घर लौटती थीं।

एक दिन दक्षिण वायु के स्पर्श से देखते-ही-देखते माधवी लता के फूल खिल उठे। 'आज सखी का वर आएगा' यह कहकर चंचल हिरनियों की तरह अनुसूया और प्रियंवदा भी चंचल हो उठीं।

□

दुष्यंत

जिस देश में ऋषि कण्व का तपोवन था, उस देश के राजा का नाम था—दुष्यंत। वह अपने समय का सबसे बड़ा राजा था। उसका पूर्व-पश्चिम और उत्तर-दक्षिण में एकछत्र राज था। वह सब राजाओं का भी राजा था। सातों समुंदर और तेरहों नदियाँ उसके राज्य में थीं। सारी दुनिया का एक राजा था—राजा दुष्यंत। उसके कितने ही सैनिक-सामंत थे। हाथीखाने में कितने ही हाथी थे। अस्तबल में कितने ही घोड़े थे। रथशाला में कितने ही सोने-चाँदी के रथ थे। राजमहल में कितने ही नौकर-चाकर थे। देश-विदेश में उसका नाम था। उसकी सोने की राजपुरी कितने ही कोसों में फैली हुई थी।

उसका एक प्रिय सखा था—माढव्य। माढव्य जाति का ब्राह्मण था।

जिस दिन तपोवन की मल्लिका पर फूल फूले थे, उसी दिन सात समुंदरों और तेरह नदियों के राजा—राजा दुष्यंत—अपने प्रिय सखा माढव्य से कहने लगे, ''चलो सखा, आज शिकार खेलने के लिए चला जाए।''

शिकार का नाम सुनते ही माढव्य को बुखार चढ़ आया। वह गरीब ब्राह्मण था राजमहल में राजाओं की तरह रहनेवाला। दोनों समय भर-भर थालियाँ लड्डू-पूरियाँ खाने की उसे आदत पड़ी थी। भर-भर कटोरे खीर और दही चढ़ाकर उसे अपना पेट ठंडा रखना होता था। शिकार के नाम से उसका मुँह सूखकर जरा सा रह गया। जंगली शेरों और भालुओं के भय से उसके प्राण सूखने लगे, फिर भी वह राजा की आज्ञा का उल्लंघन कैसे कर सकता था!

रथशाला में हाथी और अस्तबल में घोड़े सजाए जाने लगे। कमर कस-कसकर पहलवान निकलने लगे। हाथों में बरछे लिये शिकारी आ पहुँचे। धनुष लिए चिड़ीमार और जाल लिए मछुए भी आ गए। इसके बाद राजा का सोने का रथ लेकर सारथी आया। सिंहद्वार के कपाट झनझनाते हुए खुल गए।

सोने के रथ पर बैठकर राजा शिकार खेलने के लिए चले। रथ के दोनों तरफ

हथिनियाँ चँवर ढुलाती हुई चल रही थीं। छत्रधर राजछत्र लिए हुए आगे बढ़ रहे थे। दुंदुभियाँ जयघोष करती हुई आगे बढ़ रही थीं और सबसे अंत में लँगड़े घोड़े पर सवार राजा का प्रिय सखा माढव्य 'हट-हट' करता हुआ रवाना हुआ।

एक वन से दूसरे वन होती हुई राजा की सवारी महावन में पहुँची। चिड़ीमार पेड़ों पर फंदे लगाने लगे। पोखरों-बिलों में मछुए जाल फैलाने लगे। सैनिक-सामंतों से वन घिरा था। चारों तरफ शोर हो रहा था।

पेड़ों पर बहुत से पक्षी बैठे थे। उनके छोटे-छोटे बच्चे पत्तों के बीच में कोमल अंकुरों जैसे अपने छोटे-छोटे पर फड़फड़ा रहे थे और पके फलों की तरह डालों पर झूल रहे थे। कुछ पक्षी आकाश में उड़ रहे थे। कुछ अपने घोंसलों की ओर आ रहे थे। वे सब चहचहा रहे थे, गा रहे थे; पर जैसे ही उन्हें चिड़ीमारों की गंध लगी, वे अपने घोंसले छोड़-छोड़कर भागने लगे।

जंगली भैंसे भीषण गरमी से परेशान होकर कीचड़ में पड़े ठंडे हो रहे थे। भयभीत होकर वे भी सींग ऊँचे कर, गरदन टेढ़ी कर घने जंगल की ओर भागने लगे। हाथी, जो सूँड़ों से जल भर-भरकर अपने ऊपर छींट रहे थे, शाल के तनों से अपने शरीर रगड़ रहे थे, छोटी-छोटी टहनियों से मच्छर उड़ा रहे थे, वे डरकर सूँड़ ऊँची किए हुए बहेलियों के जालों को तोड़ते हुए पद्मवन की ओर भाग खड़े हुए। बाघ दहाड़ने लगे। शेर गरजने लगे। सारा वन काँप उठा।

कितने ही पक्षी, कितने ही सुअर, कितने ही बाघ और कितने ही भालू या तो जालों में बँध गए या फंदों में फँस गए अथवा तलवारों से काट दिए गए। वन में कोहराम मचा था।

वन के रास्तों से बाघ, जल-मार्गों से मगर और आकाश-पथों से पक्षी अपनी रक्षा के लिए भागने लगे।

चिड़ीमार फंदे लिए हुए पक्षियों के पीछे दौड़ने लगे, कमानों पर तीर चढ़ाए हुए वीर बाघों का पीछा करने लगे, कंधों पर जाल रखकर मछुए मछलियों की खोज में चल पड़े और अपने सोने के रथ पर सवार राजा एक हिरन का पीछा करने लगे। हिरन प्राण-भय से रथ के आगे-आगे हवा की तरह दौड़ा चला जा रहा था और सोने का रथ बिजली की रफ्तार से उसका पीछा कर रहा था। सैनिक-सामंत, हाथी-घोड़े और प्रिय सखा माढव्य सभी पीछे छूट गए। केवल राजा का रथ और वन का हिरन कभी नदी की धारा के साथ-साथ, कभी गूढ़ वनों में और कभी हरे मैदानों में आगे-पीछे दौड़े चले जा रहे थे।

जिस समय वन में शिकार खेला जा रहा था, उस समय उस तपोवन में सब निर्भय थे। पेड़ की शाखाओं पर बैठे तोते अपनी लाल-लाल चोंचों से धान कुतर रहे थे। नदी के जल में हंस आनंदपूर्वक विहार कर रहे थे, कुश वन में पालतू हिरन निर्भय होकर छलाँगें लगा रहे थे और कुंजों में शकुंतला तथा उसकी दोनों सखियाँ मीठी-मीठी बातें कर रही थीं।

इस तपोवन में सब निर्भय थे। कोई किसी की हत्या नहीं करता था। महायोगी कण्व के इस तपोवन में बाघ और गौएँ सब साथ-साथ पानी पीते थे। हिरनों और शेरों के बच्चे एक ही वन में खेलते थे। इस वन में राजाओं के लिए भी शिकार खेलना मना था।

इसी वन में राजा का शिकार—हाँफता हुआ हिरन—चला आया। तब राजा भी अपना तीर और कमान फेंककर ऋषि के दर्शनों के लिए आश्रम की ओर चल पड़े।

इसी तपोवन में सोने के रथ पर चढ़े हुए पृथ्वी के राजा दुष्यंत ने और कुंजों में बैठी हुई रूपसी शकुंतला ने एक-दूसरे को देखा।

इधर बेचारा माढव्य मुसीबत में पड़ गया। उससे अब और सहा नहीं जा रहा था। राजभोग न मिलने से उससे चला नहीं जा रहा था। नरम बिछौना न मिलने से उसे नींद नहीं आ रही थी। वह बेचारा पालकी छोड़कर एक कदम भी न चलता था, पर आज उसे घोड़े की पीठ पर बैठे-बैठे, इस वन से उस वन आते-जाते और 'वह सुअर आया, वह बाघ आया' कहते-कहते सारा दिन बिताना पड़ा। पत्तों के दोनों से पानी पी-पीकर भी उसकी प्यास न बुझी। समय पर राजभोग न मिलने से उसकी आँखों के आगे अँधेरा छाने लगा। सारा दिन बिताकर उसे मांस का अधपका टुकड़ा ही खाने को मिला। पत्तों के बिछौने पर सोने और मच्छरों के काटने से उसे नींद भी न आई। वन में इस बेचारे ब्राह्मण को बड़ी कठिनाई हुई। दिनभर की घुड़सवारी से उसकी पीठ अकड़ी हुई थी और दर्द से टूट रही थी। मशालों की तेज रोशनी उसे सोने नहीं दे रही थी। 'वह भालू आया' या 'अब बाघ ने पकड़ा' की आशंका से सूखकर वह आधा रह गया।

उसने राजा से कितनी बार कहा, 'महाराज, राज्य नष्ट हो रहा है, शरीर मिट्टी में मिल रहा है, अब और देर मत कीजिए, राजधानी लौट चलिए।'

पर राजा ने उसकी एक न सुनी। जिस दिन से उन्होंने शकुंतला को देखा, उसी दिन से राज-काज छोड़कर, शिकार खेलना छोड़कर, तपस्वियों की तरह उसी तपोवन में रहने लगे। राजधानी में राजमाता ने व्रत रखे। राजा को बुलाने के

लिए दूत भेजे, पर वे राजधानी न लौटे। हीले-हवाले करके राजा ने अपने प्रिय सखा माढव्य और अपने सैनिक-सामंतों को वापस राजधानी भेज दिया, पर स्वयं उसी तपोवन में रहने लगे।

उधर राजभवन में माढव्य राजाओं के समान आनंद लूटने लगा और इधर पृथ्वी का राजा वनों में 'हाय शकुंतला, हाय शकुंतला' करता फिरने लगा। उसका धनुष, तरकस और बाण कहीं किसी वन में पड़े होंगे। शाही पोशाक उसकी नदी के जल में विलीन हो गई होगी। गोरे अंग काले पड़ गए थे। देश का राजा जंगलों की धूल फाँक रहा था।

और शकुंतला?

वह कुंजों में कमलों के आसन पर बैठकर कमल-पत्रों पर अपने मन की बात लिख रही थी। राजा के दर्शनों से उसके मन में न जाने क्या-क्या होने लगता था। एक घड़ी उनके न दिखाई पड़ने से उसके प्राण निकलने लगते थे। दोनों सखियाँ उसे कमल-पत्रों से हवा करती थीं, उसके गले लगकर प्यार करती थीं। अपने आँचल से उसके आँसू पोंछती थीं और सोचती थीं कि अब भोर हो रही है, अब राजा लौट आए होंगे।

इसके बाद?

दु:ख की रात का सवेरा हुआ। माधवी के पत्ते-पत्ते पर फूल खिले। कुंजों के पेड़ों पर पंछी चहकने लगे। सखी शकुंतला का पाला हुआ हिरन उसके पास आया।

फिर?

वन-पथों से वर राजा कुंजों में आया।

तब?

पृथ्वी के राजा ने वन की देवी को और वन की देवी ने पृथ्वी के राजा को माला पहनाई। दोनों सखियों की मनोकामना पूरी हुई।

फिर एक दिन सुनहरी साँझ में सुनहरे रथ पर बैठकर राजा अपनी राजधानी को लौट गए और सखियाँ अँधेरे वन-पथ से शकुंतला को साथ लिए हुए आश्रम की ओर बढ़ने लगीं।

□

तपोवन में

राजा अपनी राजधानी लौट गए और शकुंतला उसी वन में उनकी प्रतीक्षा में घड़ियाँ गिनने लगीं।

जाते समय राजा अपनी अँगूठी शकुंतला को दे गए। उस अँगूठी पर उनका नाम खुदा हुआ था। वे शकुंतला से कहते गए, 'सुंदरी! तू हमारे नाम का एक-एक अक्षर रोज पढ़ना। और जिस दिन तुम हमारे नाम का अंतिम अक्षर पढ़ोगी, उस दिन हम तुम्हें अपने साथ ले चलने के लिए सोने के रथ पर आएँगे।'

हाय! सोने का रथ नहीं आया।

कई दिन बीते, कई रातें बीतीं। दुष्यंत का नाम कई बार दोहराया गया, पर तब भी सोने का रथ न आया। हाय! सुनहरी साँझ में सोने का रथ जो गया तो फिर वापस नहीं आया।

पृथ्वी के राजा सोने के सिंहासन पर और वन की देवी कुटिया के द्वार पर—दो जने, दो जगहों पर।

राजा के विरह में शकुंतला का दिल टूटने लगा। कहाँ गई वह अतिथि-सेवा! कहाँ गया वह पाला हुआ हिरन! कहाँ रहती होंगी प्राणों से प्यारी सखियाँ! शकुंतला के मुख पर हँसी नहीं, आँखों में नींद नहीं। कुटिया के द्वार पर पत्थर की मूरत बनी, अपने राजा की याद में बैठी थी।

राजा का रथ नहीं आया। कहीं राजा भूल तो नहीं गए?

एक दिन शकुंतला अपनी कुटी के द्वार पर, अपने गालों पर हाथ रखे चुप बैठी थी। उसकी आँखों से आँसू बह रहे थे। वह राजा की सोच में पड़ी थी। उसी समय महर्षि दुर्वासा वहाँ अतिथि के रूप में आए। शकुंतला को कुछ पता न चला। उसने उनकी ओर देखा तक नहीं। महर्षि दुर्वासा एक तो महा अभिमानी थे और दूसरे महाक्रोधी भी। जिसे जब चाहें, जहाँ चाहें, वहीं-का-वहीं भस्म कर दें। शकुंतला ने उन्हें प्रणाम नहीं किया, बैठने के लिए आसन नहीं दिया, चरण धोने के

लिए जल नहीं दिया। असावधानी से उसने महर्षि का इतना अनादर किया।

दुर्वासा आग-बबूला हो गए। गुस्से से काँपते हुए बोले, ''अरे अतिथि का इतना अपमान! पापिन!! जाओ तुम्हें शाप देता हूँ। जिसकी चिंता में तुमने मुझे नहीं पहचाना, वह तुम्हें भी नहीं पहचान पाएगा।''

हाय! शकुंतला तो अपनी सुध में ही नहीं थी। उसे पता ही नहीं चला कि कौन आया और कौन गया। दुर्वासा के शब्द भी उसके कानों में नहीं पड़े थे।

महर्षि दुर्वासा शाप देकर चलने लगे। वह इस संबंध में कुछ भी नहीं जानती। वह द्वार पर जैसे पहले बैठी थी, वैसे ही बैठी रही।

अनुसूया और प्रियंवदा—दोनों सखियाँ पास ही उपवन में फूल चुन रही थीं। महर्षि दुर्वासा की गर्जना सुनकर दौड़ी आईं। उन्होंने महर्षि के चरण पकड़ लिए। कितनी तरह से मिन्नतें करके, हाथ जोड़कर, पाँव पकड़कर उन्होंने दुर्वासा को शांत किया।

तब महर्षि ने कहा, ''महाराज तब तक शकुंतला को नहीं पहचानेंगे, जब तक उनके द्वारा दी हुई अँगूठी उन्हें नहीं दिखाई जाती। अँगूठी देखने पर ही राजा शकुंतला को पहचान सकेंगे। जब तक राजा के हाथ में यह अँगूठी नहीं पहुँचती, तब तक वे इसे भूले रहेंगे।''

ऋषि के शाप के कारण पृथ्वी के राजा उसे बिलकुल भूल गए। वन के रास्ते से फिर सोने का रथ नहीं आया।

जब दुर्वासा चले गए, तब उसके बाद महर्षि कण्व तपोवन में वापस लौटे। उन्होंने सारी पृथ्वी का चक्कर लगाया, पर उन्हें शकुंतला के योग्य कोई वर नहीं मिला। जब उन्हें यह पता चला कि राजा दुष्यंत स्वयं यहाँ आए थे और उन्होंने शकुंतला के गले में माला पहनाई है तो उनके आनंद की सीमा न रही, फिर वे शकुंतला को राजा के घर पहुँचाने का विचार करने लगे। दु:ख और अभिमान के कारण शकुंतला, जो मिट्टी में मिल चुकी थी, उसे ऋषि ने बहुत-बहुत प्यार किया, उसे आशीर्वाद भी दिया।

उपवन में खड़ी दोनों सखियों ने जब यह सुना कि शकुंतला ससुराल जा रही है तो उनके आनंद की सीमा न रही।

प्रियंवदा केशर के फूलों की माला ले आई और अनुसूया सुगंधित तेल। दोनों सखियाँ शकुंतला का श्रृंगार करने लगीं। उन्होंने उसके बालों में तेल लगाया, सँवारकर जूड़ा बाँधा, जूड़े में फूल खोंसे, माँग में सिंदूर भरा, पैरों में महावर लगाया, नए वल्कल पहनाए, पर इतने से उन्हें संतोष न हुआ। वे सोचने लगीं कि

पृथ्वी की रानी शकुंतला का क्या यही वेश हो सकता है? हाथ में कमलों की माला, गले में केसर के फूलों की माला, जूड़े में मल्लिका के फूल और अंग ढकने के लिए वल्कल! हाय! हाय!! कहाँ है मोतियों की माला? कहाँ हैं हीरों की बालियाँ? सोने के कंगन भी तो नहीं हैं! पहनने के लिए साड़ी भी तो नहीं है।

वन के देवताओं ने उन सखियों की मनोकामनाएँ पूरी कीं।

* * *

जंगल के पेड़ों पर से सुनहरी साड़ी उड़कर चली आई। पैरों के लिए नूपुर भी टपक पड़े। वन के देवताओं ने मिनटों में शकुंतला को राजेश्वरी महारानी के वेश में सजा दिया।

फिर जाने की वेला आई। हाय! क्या जाने के लिए उसके पैर बढ़ रहे हैं? क्या उसे जाना अच्छा लग रहा है?

शकुंतला किधर को जाए? क्या वह सोने की नगरी में राजा के पास रानी बनकर जाए या अपने वन-पथ के तपोवन में लौट जाए?

इधर शुभ मुहूर्त बीता जा रहा था, पर अभी तक विदाई की रस्म पूरी नहीं हुई थी। कुंजों की मल्लिका और माधवी के हरे कोमल पत्ते उसे लौट आने के लिए पुकार रहे थे। बिना माँ का हिरन का बच्चा शकुंतला का आँचल अपने मुँह में पकड़े हुए था और उसे वन की ओर खींच ले जाना चाहता था। प्राणों से प्यारी दोनों सखियाँ एक-दूसरे से गले लगकर रो रही थीं। क्या इतनी माया और इतना प्रेम एक ही घड़ी में भुला सकना सहज है।

बिना माँ के हिरन के बच्चे को पिता कण्व ऋषि के हाथ और प्यारी लताओं को प्रिय सखियों के हाथ सौंपते-सौंपते विदा का मुहूर्त भी बीत गया।

आश्रम की सीमा तक महर्षि कण्व शकुंतला को छोड़ने गए।

फिर वे अपने आश्रम में लौट आए। दोनों सखियाँ भी रोती हुई लौटीं। लौटते समय उन्होंने शकुंतला के आँचल में वह अँगूठी बाँध दी और उससे कह दिया, "सखी, इसे अच्छी तरह सँभालकर रखना।"

फिर शकुंतला ने तपोवन को प्रणाम किया, महर्षि कण्व को प्रणाम किया और तब राजा की नगरी की ओर चल पड़ी।

पराई लड़की, पराई होकर, पराए देश को चली गई और वन प्रदेश में अँधियारा करती गई।

ऋषियों का अभिशाप कभी मिथ्या नहीं जाता।

रास्ते में एक दिन शची तीर्थ के स्वच्छ जल की लहराती लहरों में उसने

स्नान किया। अपने सुंदर अंगों पर लिपटी हुई साड़ी को उसने जल के ऊपर फैला दिया। जल की तरह चिकना आँचल लहरों के साथ पानी के अंदर चला गया। उसी समय दुर्वासा के शाप से राजा की अँगूठी शकुंतला के चिकने आँचल के कोने से सरककर गहरे पानी में चली गई। शकुंतला को उसका कुछ पता भी न चला।

स्नान के बाद गीले कपड़ों में ही शकुंतला जल से बाहर निकली और काले लंबे बाल बिखेरकर, मुसकराती और राजा की बातें याद करती हुई राजधानी की ओर चल पड़ी।

□

राजधानी में

राजा दुष्यंत दुर्वासा के शाप से शकुंतला को बिलकुल भूल गए थे और बड़े सुख से रह रहे थे। सात कोस में फैले हुए राजा के सात बड़े-बड़े महल थे, जिनमें तरह-तरह के काम हो रहे थे।

पहले महल में राज-दरबार लगा हुआ था और उसमें कौन दोषी है और कौन निर्दोष—इस बात का न्याय हो रहा था। इस महल के खंभे सोने के थे, छतें भी सोने की थीं और छत के नीचे सिंहासन भी सोने का ही था।

दूसरे महल में देव मंदिर थे। उनकी दीवारें भी सोने की थीं। उन सोने की दीवारों पर हीरों के पक्षी, मोतियों के फल और पन्नों के पत्ते बने हुए थे। बीच में एक बहुत बड़ा हवनकुंड था। वहाँ दिन-रात हवन होता रहता था।

तीसरा महल अतिथिशाला था। वहाँ नाच हो रहा था। पैरों में बँधे हुए सोने के घुँघरू झुनझुन बज रहे थे। बिल्लौरी दीवारों पर नर्तकियों की छाया भी ताल के साथ-साथ नाच रही थी।

चौथा महल संगीतशाला था। यहाँ सोने के पलंग पर पृथ्वी के राजा राजा दुष्यंत बैठे हुए थे। दक्षिणी दरवाजे से दक्षिणी हवा आ रही थी। शकुंतला की बातें उन्हें याद ही नहीं आ रही थीं। हाय! दुर्वासा के शाप से सोने के पलंग पर बैठे हुए राजा सबकुछ भूले हुए थे।

और शकुंतला कितना ही रास्ता चलकर और कितने ही आँधी-तूफानों से निकलकर राजा के सामने आकर खड़ी हुई, पर राजा उसे पहचान नहीं पा रहे थे। उन्होंने उससे पूछा, "कन्ये, तुम कौन हो? कहाँ से आई हो? क्या चाहती हो? तुम्हें रुपए-पैसे चाहिए, घर-मकान चाहिए या क्या चाहिए?"

शकुंतला ने कहा, "महाराज, मुझे रुपए-पैसे नहीं चाहिए, मुझे घर-मकान भी नहीं चाहिए, मैं तो बस आप ही को चाहती हूँ। आप ही मेरे राजा हैं। आप ही ने मुझे माला पहनाई थी। मैं आप ही को चाहती हूँ।"

राजा ने कहा, ''छिह-छिह! तुम क्या कह रही हो? तुम ठहरीं वनवासिनी तपस्विनी और मैं ठहरा राजाओं का राजा। मैं तुम्हें क्योंकर माला पहनाने लगा। धन चाहती हो तो धन ले लो। गहने चाहो तो वे भी तुम्हें मिल सकते हैं। अगर महारानी बनना चाहो तो यह कैसे हो सकता है?''

राजा की बातें सुनकर शकुंतला काँप उठी। उसके प्राण छटपटाने लगे। वह रोते-रोते बोली, ''महाराज! आप कैसी बातें कर रहे हैं? यह मैं वही शकुंतला हूँ। क्या आप मुझे भूल गए? उस दिन तपोवन के माधवी कुंज में, जब हम तीनों सखियाँ गुनगुना रही थीं, तब आप वहाँ अतिथि के रूप में पधारे थे। सखियों ने पाँव धोने के लिए जल दिया था। मैंने आँचल से फल निकालकर दिए थे। आपने हँसते हुए वे खाए थे। फिर आप पुरइन के पत्ते में जल लेकर मेरे मृगछौने को पिलाने के लिए उसकी तरफ बढ़े थे, पर वह भाग खड़ा हुआ था। आपने कितनी ही बार उसे पुकारा था, कितने ही लालच दिए थे, पर वह आपके पास नहीं आया था। फिर मैंने जब उसे बुलाया था, तब वह मेरे पास आ गया था। उसने मेरे हाथ से पानी पिया था। आपने प्रशंसा करते हुए कहा था, तुम दोनों वन के प्राणी हो, इसीलिए तुम दोनों में गहरा प्रेम है।

''यह सुनकर सखियाँ हँस पड़ी थीं और मैं लाज से मरी जा रही थी। फिर महाराज आप उस वन में कितने ही दिनों तक तपस्वियों की तरह रहे थे, कितने ही दिन आपने जंगली फल खाकर और नदी का जल पीकर बिताए थे। फिर एक दिन पूर्णिमा की रात में मालिनी के तट पर माधवी कुंजों के बीच आप मेरे पास आए थे, मेरे गले में माला डाली थी। महाराज, क्या आप ये सब बातें भूल गए?

''महाराज! जाते समय आपने मेरे हाथ में अपनी अँगूठी पहनाई थी। प्रतिदिन आपके नाम का एक-एक अक्षर पढ़ने के लिए आप मुझसे कह आए थे और यह भी कह आए थे कि जिस दिन तुम मेरा पूरा नाम पढ़ लोगी, उस दिन मैं सोने का रथ लेकर तुम्हें लेने के लिए आऊँगा। किंतु महाराज, आपने सोने का रथ कहाँ भेजा? आप क्या सब भूल गए? महाराज, क्या अपने वचन का पालन ऐसे ही किया जाता है?''

वनवासिनी शकुंतला ने राजा के सामने कितना ही अनुनय किया, कितनी ही बातें कहीं, उन कुंजों की बातें, उन सखियों की बातें, उस मृगछौने की बातें और भी कई बातें कहीं, पर राजा को कुछ याद नहीं आया।

फिर राजा ने कहा, ''कन्ये, मुझे वह अपनी अँगूठी तो दिखाओ, जिसकी चर्चा तुमने अभी-अभी की है और कहा है कि मैंने तुम्हें दी थी। देखूँ, कहाँ है वह

अँगूठी?''

जल्दी से शकुंतला ने आँचल की गाँठ खोली। उसमें अँगूठी नहीं थी। आँचल सूना देखकर उसके होश उड़ गए।

राजा की हीरे की अँगूठी कहाँ खो गई, उसे पता नहीं था। इतने दिनों के बाद दुर्वासा का शाप फला। हाय! राजा भी उसके लिए पराए हो गए। अब पृथ्वी पर उसके लिए अपना कहनेवाला कोई भी नहीं था। 'हाय माँ' कहते हुए शकुंतला राजसभा के फर्श पर गिर पड़ी। उसका सिर फूट गया। उसमें से खून बहने लगा। राजसभा में हाहाकार मच गया।

उस समय इंद्र के दरबार में शकुंतला की पत्थर दिल माँ मेनका वीणा बजाते हुए नाच रही थी। एकाएक उसकी वीणा के तार टूट गए। गान के स्वर भंग हो गए। शकुंतला के लिए उसके प्राण रो उठे। झटपट बादलों के रथ पर बैठकर बिजली की रफ्तार से वह राजा की सभा में आई और शकुंतला को अपनी गोद में उठाकर हेमकूट पर्वत पर ले गई।

उसी हेमकूट पर्वत पर कश्यप ऋषि के आश्रम में, स्वर्ग की अप्सराओं के बीच में एक दिन शकुंतला ने चक्रवर्ती राजकुमार को जन्म दिया।

सुंदर, स्वस्थ, पुत्र-रत्न पाकर माँ शकुंतला की छाती ठंडी हुई।

शकुंतला तो चली गई। एक दिन राजमहल के मछुओं ने शची तीर्थ के जल में जाल फैलाए। उस जाल में चाँदी जैसे रंगवाली पूठी, चाँद जैसे रंगवाली पायराचाँदा, साँप के आकार की बाण, बड़ी-बड़ी मूँछोंवाली चिंगड़ी, काँटोंवाली बाटा आदि कितनी ही मछलियाँ पकड़ी गईं। अनेक प्रकार की सुनहरी-रुपहली मछलियों से नदी का तट भर गया। दिनभर मछुए मछलियाँ पकड़ते ही रहे। दिन ढलने पर, संध्या होने के समय वे अपना जाल और मछलियाँ समेटकर घर चलने की तैयार करने लगे। उस समय नीले आकाश पर, नदी के जल पर और नगर के पथ पर अंधकार छाने लगा था।

उसी समय एक मछुआ जाल लिये हुए नदी-तट पर दिखाई पड़ा। उसने अपना बहुत बड़ा जाल घुमाकर नदी के जल पर फेंक दिया। काले बादल के समान जाल आकाश में चक्कर खाता हुआ फैलकर नदी के इस तट से उस तट तक जा गिरा। उस समय मछलियों का सरदार, नदी का राजा रोहू शाम के अँधियारे में नदी में फैलाए हुए उसी जाल में फँस गया। सभी मछुए दौड़कर नदी-तट पर आ पहुँचे। बहुत मुश्किल से उस भारी मछली को मछुओं ने बाहर निकाला। आस-पास के

सभी लोग नदी-तट पर उस मछली को देखने के लिए आ पहुँचे। फिर जब उस मछली का पेट चीरा गया तो उसमें से सात राजाओं की संपत्ति के बराबर के मूल्य की एक अँगूठी बाहर गिर पड़ी। उसका हीरा दहकते हुए अंगारे की तरह चमक रहा था। अँगूठी देखकर लोग हैरान हो गए, जिसकी वह मछली थी, उसके आनंद की कोई सीमा न रही।

ऐसा लगता था कि जैसे गरीब मछुए के हाथ चाँद लग गया हो। मछलियों की टोकरी और फटा हुआ जाल पानी में फेंककर सोने की अँगूठी हाथ में ले, वह जौहरी की दुकान पर उसे बेचने के लिए चल पड़ा। राजा ने शकुंतला को जो अँगूठी दी थी, यह वही अँगूठी थी। शची तीर्थ में स्नान करते समय शकुंतला के आँचल से जब अँगूठी खुल गई थी, तब उसे खाने की चीज समझकर उस रोहू मछली ने निगल लिया था।

मछुए के हाथ में राजा की मुहरवाली अँगूठी देखकर जौहरी ने कोतवाल को खबर कर दी। कोतवाल उस मछुए को मारता-पीटता राजा की सभा में ले गया।

राजसभा में उस मछुए ने जिस प्रकार उसे अँगूठी मिली थी, वह सारी कहानी काँपते हुए कह सुनाई।

राजमंत्री ने उस अँगूठी को सूँघकर देखा। उसमें से सचमुच मछली की गंध आ रही थी। मछुए को छोड़ दिया गया। उसे मुहरों का तोड़ा बख्शीश के रूप में दिया गया। वह तोड़ा लेकर नाचता अपने घर चला आया।

अब जब राजा के हाथ में वह अँगूठी आई तो उसे तपोवन की सारी घटनाएँ याद हो आईं।

शकुंतला के बिछोह में राजा पागल हो उठे। बिना किसी अपराध के उसे मैंने दूर हटा दिया है—यह सोचकर उनके प्राण भूसी की आग में तिल-तिल कर जलने लगे। उनके मुँह से अब केवल एक ही बात निकलने लगी—'हाय शकुंतला! हाय शकुंतला!!'

खाने-पीने, उठने-बैठने, सोने-घूमने आदि में अब राजा को जरा भी सुख नहीं मिलता था। राज-काज में भी उन्हें सुख नहीं मिलता था। उन्हें न अंतःपुर में सुख मिलता था और न उपवन में ही। उन्हें कहीं भी सुख नहीं मिलता था।

संगीतशाला में गान बंद हो गए। नृत्यशाला में नृत्य बंद हो गए। अंतःपुर में उत्सव भी बंद हो गए। राजा के दुःख की सीमा न रही।

एक ओर वनवासिनी शकुंतला अपने हृष्ट-पुष्ट लड़के को लिए हुए हेमकूट पर्वत की सुनहरी चोटी पर बैठी थी और दूसरी ओर जगत् का राजा—राजा दुष्यंत—

विरह-वेदना के दु:ख भार से धूल-धूसरित हो रहा था।

बहुत दिनों बाद देवताओं की कृपा हुई।

स्वर्ग के राजा इंद्र का रथ राजा दुष्यंत को देवता-राक्षस युद्ध में देवताओं की ओर से लड़ने के लिए ले गया। वहाँ कुछ दिनों तक नंदनवन में रहने तथा राक्षसों से युद्ध करने के बाद राजा एक दिन मदार के फूलों की माला पहने हुए अपने राज्य की तरफ लौट रहे थे। उस समय उन्हें रास्ते में हेमकूट पर्वत पर महर्षि कश्यप का आश्रम दिखाई पड़ा।

वे महर्षि को प्रणाम करने के उद्देश्य से उस आश्रम की ओर चल पड़े। उस आश्रम में अनेक तपस्वी और तपस्विनियाँ, अनेक अप्सर और अप्सराएँ रहती थीं, और उसी में शकुंतला और उसका पुत्र—राजपुत्र—सर्वदमन भी रहते थे।

जिस तरह राजा दुष्यंत देश के राजा थे, उसी तरह उनका पुत्र भी उस वन का राजा था। वन में जितने जीव-जंतु थे, वे सब उससे प्यार करते थे।

उस वन में सात कोस की दूरी पर एक बरगद का पेड़ फैला हुआ था। उसके नीचे एक बहुत बड़ा अजगर दिन-रात पड़ा रहता था। उसी पेड़ के नीचे सर्वदमन का भी दरबार लगता था।

हाथी उसे अपने माथे पर बैठाकर नदी में ले जाते थे और अपनी सूँड़ों से जल छींट-छींटकर उसे नहलाते थे, फिर उसे अजगर की पीठ पर लाकर बैठाते थे। यही अजगर उसका राज-सिंहासन था। उसके दोनों ओर दो हाथी कमलों के पत्तों के चँवर डुलाते थे। अजगर फन फैलाकर उसपर छत्र की छाया करता था। भालू उसका मंत्री था। सिंह सेनापति था। बाघ चौकीदार था और गीदड़ कोतवाल था। चिड़ियाँ-तोते आदि उसके सखा-मंत्री थे। वे सब सुंदर-सुंदर बातें करते। देश-विदेश की कहानियाँ कहते। वह पक्षियों के घोंसलों से उनके बच्चे निकालकर उनसे खेला करता। बाघ की माँद में जाकर उसके पास बैठा करता। कोई उसे कुछ नहीं कहता था। सब उससे डरते थे और उससे प्यार भी करते थे।

राजा जब उस वन में आए तब सर्वदमन शेर के एक बच्चे से खेल रहा था। उसके मुँह में हाथ डालकर वह उसके दाँत गिन रहा था। कभी वह उसे गोद में ले लेता, कभी वह उसे पीठ पर लाद लेता और कभी उसके अयाल पकड़कर खींचता। वन की तपस्विनियाँ उससे शेर के बच्चे को छोड़ देने के लिए कहती थीं। उसे मिट्टी के मोर का लोभ दिखला रही थीं, लेकिन बालक ने उनकी एक न सुनी।

इसी समय राजा दुष्यंत वहाँ आ पहुँचे। उन्होंने बालक से शेर के बच्चे को

छुड़ाकर अलग किया और राजकुमार को गोद में उठा लिया। वह नटखट उनकी गोद में शांत रहा। बच्चे को गोद में लेने से राजा की छाती ठंडी हुई। राजा को पता नहीं था कि यह मेरा ही पुत्र है। राजा सोचने लगा कि दूसरे के पुत्र को गोद में लेने से इतना सुख क्यों मिल रहा है! इसपर इतनी ममता क्यों उमड़ रही है!

इतने में शकुंतला अपने आँचल की निधि, अपनी गोद के बच्चे को ढूँढ़ती हुई वहाँ आ पहुँची।

राजा और रानी ने परस्पर एक–दूसरे को देखा। इस बार राजा शकुंतला से प्यार करने लगे। उन्होंने शकुंतला से क्षमा माँगी। देवताओं की कृपा से इतने दिनों के बाद उनका मिलन हुआ। महर्षि को प्रणाम करके राजा और रानी राजधानी के लिए लौट पड़े। राजपुत्र राजा की गोद में था।

इसके बाद उन्होंने बहुत समय तक राज्य का सुख भोगा। फिर एक दिन राजपुत्र को राज्य का भार सौंपकर राजा--रानी, दोनों उसी तपोवन में उन्हीं कण्व ऋषि के पास, उन्हीं दोनों सखियों के साथ, उसी मृगछौने के पास, उसी आम और माधवी लता के पास चले आए और तपस्वी व तपस्विनियों के बीच में शेष जीवन बिताने लगे।

□

गौतम बुद्ध

देवल ऋषि समाधि लगाए हुए बैठे थे। एक छोटा सा बालक नालक उनकी सेवा कर रहा था। बरगद के पेड़ के नीचे अँधेरा छाया हुआ था और जंगल का अँधेरा उसे और भी घना बना रहा था। गंगा के इस पार-उस पार अँधेरा-ही-अँधेरा था। सूनी रात के काले आसमान में तारे निकले हुए थे। हवा शांत थी, लगता था कि जैसे सो गई हो। जल में लहरें भी नहीं उठ रही थीं। पेड़ों के पत्ते भी नहीं हिल रहे थे। इतने में, अँधेरे में रोशनी खिल उठी—जैसे फूल खिल उठता है, जैसे चाँद चमक उठता है—थोड़ा, फिर थोड़ा, फिर और थोड़ा।

कमल के हिलते हुए पत्ते पर पड़ी हुई बूँद के समान सारी दुनिया खिल उठी।

ऋषि ने आँखें खोलीं। उस अजीब सी रोशनी को देखा। यह रोशनी चाँद की नहीं थी, सूरज की भी नहीं थी, लगता था कि उस एक रोशनी में सभी तरह की रोशनियाँ आ मिली हों। ऐसी रोशनी पहले कभी किसी ने नहीं देखी थी। आसमान में यह रोशनी संतरी झंडे की तरह लहरा रही थी। लगता था कि जैसे कोई देव पृथ्वी पर उतरनेवाले हों और उनके उतरने के लिए ही ये सीढ़ियाँ बनाई गई हों।

संन्यासी आसन छोड़कर उठ खड़े हुए। उन्होंने नालक से कहा, "कपिलवस्तु में बुद्धदेव जन्म लेंगे, मैं उनके दर्शन के लिए जा रहा हूँ। तुम सावधानी से रहना।"

संन्यासी जंगल की टेढ़ी-मेढ़ी पगडंडी पर उत्तर की ओर चले गए और नालक उसी बरगद के पेड़ के नीचे बैठा हुआ एक के बाद एक दृश्य देखने लगा।

उसने देखा—कपिलवस्तु का राजमहल। महारानी मायादेवी सोने के पलंग पर सोई हुई थीं। कमरे से कुछ आगे खुला आँगन था और उस आँगन के उधर बाग, नगर, मंदिर, मठ आदि थे। उनके भी बहुत दूर चमकती हुई सफेद बर्फ से ढका हुआ हिमालय पर्वत था और उस पर्वत के भी उधर वह रोशनी झिलमिला रही थी। लगता था कि उस प्रकाशपुंज में से सूरज सिंदूरी बिंदी के समान निकल रहा हो। राजा शुद्धोधन उसी प्रकाशपुंज को देख रहे थे।

सहसा महारानी मायादेवी की नींद उचट गई। वे महाराज से कहने लगीं, "मैंने न जाने कैसा विचित्र स्वप्न देखा है। एक छोटा सा सफेद हाथी—दूज के चाँद सा सुंदर, हँसुए के दाँत के समान नुकीले दाँतोंवाला—हिमालय के उस पार से बादलों पर सवार होकर मेरी गोद में आ उतरा और फिर उसमें से उठकर कहीं और चला गया। वह कहाँ चला गया—इस बात का मुझे पता ही नहीं चला। उसके माथे पर बिंदी के आकार का लगा हुआ तिलक कितना सुंदर था!"

राजा और रानी इस स्वप्न के बारे में अभी बातें कर ही रहे थे कि भोर होने लगा। राजमहल के नौबतखाने में नौबतें बजने लगीं। गलियों-बाजारों में चहल-पहल शुरू हो गई। मंदिरों में शंख फूँके जाने और घड़ियालों के बजाए जाने के शब्द सुनाई पड़ने लगे। अंत:पुर की दासियाँ सोने के कलशों में महारानी के स्नान के लिए जल लाने लगीं। मालिन सोने के थाल में मालाएँ गूँथ-गूँथकर रखने लगी। रानी का पालतू मोर उड़कर आँगन में आ बैठा। सोने के पिंजरे में बंद तोता और मैना दास-दासियों से झगड़ने लगे। भिखारी दरवाजे पर आकर 'जय रानी माँ' की टेर लगाने लगे। देखते-ही-देखते दिन चढ़ने लगा और राजमहल से निकलनेवाला हर आदमी रानी के स्वप्न की चर्चा दूसरों से करने लगा।

माथे पर लाल चंदन का तिलक लगा, सिर पर रत्नों का मुकुट और शरीर पर लाल रंग के कपड़े पहन प्रात: सूर्य के समान प्रकाश फैलाते हुए राजा शुद्धोधन राजसिंहासन पर बैठे थे। पास में मंत्री, मंत्रियों के बगल में दंडधर हाथ में सोने का दंड लिए हुए खड़े थे। दूसरी ओर सफेद खुला छत्र हाथों से उठाए हुए छत्रधर खड़ा था। उसके बगल में नगरपाल ढाल-तलवारें लिए हुए खड़े थे।

राजा के दोनों ओर दो दालान थे। एक में ब्राह्मण, पंडित आदि बैठे थे और दूसरे में देश-विदेश के राजा और राजकुमार विराजमान थे। राजसभा के चारों ओर प्रजा थी और उसके पीछे द्वारपाल लाल पगड़ी बाँधे तथा हाथ में रायबाँस का मोटा डंडा लिए हुए खड़े थे।

राजसभा के ठीक बीच में और लाल चँदोवे के ठीक नीचे गहरे लाल रंग के आठ ऊनी आसन बिछे हुए थे; उन पर राजा के आठ ज्योतिषी पोथियाँ खोले और हाथ में खड़िया लिए हुए रानी के स्वप्न के शुभाशुभ फल का विचार कर रहे थे। उनमें से किसी के सिर के बाल पके थे, किसी का सिर गंजा था, किसी ने चुटिया बाँध रखी थी और किसी की मूँछें घनी थीं। सबके हाथों में एक-एक नासदानी थी।

आठों पंडित कलम या खड़िया से लिखे हुए रानी के स्वप्न के फलों को एक

साथ कहने लगे—स्वप्न में सूरज को देखने का फल है कि राजपुत्र चक्रवर्ती सम्राट् और महातेजस्वी होगा। चंद्रमा को देखने का फल यह है कि राजपुत्र चंद्रमा के समान गुणवान्, राजाधिराज और दीर्घजीवी होगा। सफेद हाथी को देखने का फल यह है कि बालक जीवों का दुःख हरनेवाला बहुत बड़ा, जगत् दुर्लभ धर्मात्मा और बुद्धिमान् होगा। महाराज! निश्चय ही इस शाक्य वंश में एक बार एक महापुरुष जन्म लेंगे। शास्त्र का वचन कभी मिथ्या नहीं होता। खुशियाँ मनाइए।

'खुशियाँ मनाइए-खुशियाँ मनाइए, अन्नदान कीजिए, वस्त्रदान कीजिए, दीपदान, धूपदान, भूमिदान कीजिए।' चारों तरफ इसी तरह की पुकारें होने लगीं। कपिलवस्तु के महलों में, प्रजा के घरों में, मैदानों में और घाटों पर आनंद के बाजे बजने लगे। आकाश भी आनंद में हँसने लगा और हवा भी आनंद से बहने लगी।

राजमुकुट में लगी माणिक की कलगी, राजछत्र में लगी हुई मोतियों की झालर, मंत्री के गले में राजा की दी हुई माला, पंडितों के शरीर पर रानी का दिया हुआ कंबल और दास-दासियों, दीन-दुखियों, बच्चों-बूढ़ों के सिर पर राजमहल से मिली हुई लाल सेली आनंद से लहराने लगी।

एक बड़ा बाग था। वह बहुत दूर तक फैला हुआ था। दूर-दूर तक उसमें पेड़-ही-पेड़ दिखाई पड़ते थे। नीचे हरी घास के मैदान थे। वहाँ नम हवा चलती थी, उसमें पेड़ों की छाया थी। वहाँ पक्षी चहकते थे और फूलों की सुगंध उसमें फैली रहती थी। उस बाग के बीच एक तालाब था, जिसमें कमल खिले रहते थे। कमलों के इस तालाब के किनारे पर गगनचुंबी शाल का एक पेड़ था। उसकी डाल-डाल पर, पत्ते-पत्ते पर फूल खिले हुए थे। इस पेड़ के नीचे बैठने के लिए पत्थर की एक चौकी बनी हुई थी। दक्षिणी वायु के स्पर्श से शाल के फूल उस चौकी पर झर रहे थे।

संध्या होने को आई। कपिलवस्तु की सब सुंदरियाँ स्नान करने के लिए उस तालाब की ओर चल पड़ीं। उनके बाल सँवरे हुए थे, गले में हार थे और कानों में सोने की बालियाँ थीं। मालिन-मालियों की एक टोली रास्ते में पड़े हुए सूखे पत्तों को हटाकर, फूलों की क्यारियों में पानी देकर तथा सूरज के अस्त होने तक अपने अन्य सब काम निपटाकर चली गई थीं। हरी घास पर, तालाब के किनारों पर, पेड़ों के नीचे कहीं भी धूल का कण या घास-तिनके का टुकड़ा तक दिखाई नहीं पड़ रहा था।

रात—बसंत ऋतु की पूर्णिमा की रात होने लगी। पश्चिम में सूरज डूबने लगा था और पूरब से चाँद निकलने लगा था। पृथ्वी एक ओर तो सुनहरी चोटी सी

दिखाई पड़ रही थी और दूसरी ओर रुपहली रेखा सी दिखाई पड़ रही थी। ऊपर लाखों तारों से खिला हुआ आकाश था, जिसमें संध्या-पूजा के शंखों, घंटों का नाद भर रहा था।

इसी समय मायादेवी रुपहली झालरोंवाली सोने की पालकी में बैठकर अपनी सखियों के साथ बाग में घूमने के लिए आईं। रानी के चारों ओर महल की दास-दासियाँ चल रही थीं। उनमें कोई हाथ में फूल-पंखी लिए हुई थी तो कोई पानदान लिए हुए थी। रानी अपनी प्रिय सखी का हाथ अपने हाथों में लिए हुए पेड़ों की छाया में चलते-फिरते बाग के बीचवाले उसी शाल के पेड़ के नीचे आकर खड़ी हुईं। फिर उन्होंने अपने बाएँ हाथ से फूलों से लदी हुई शाल के पेड़ की एक डाल थाम ली और अपना दाहिना हाथ अपनी कमर पर रख लिया।

फिर दिन खत्म हुआ, पंछी एक बार चहचहा उठे, हवा फूलों की महक से भर उठी और आकाश में तारों की रोशनी जगमगा उठी। पूरब से पूर्णिमा का चाँद निकल आया। शाल के पेड़ के ऊपर वह सुनहरे छत्र की तरह चमक रहा था। ठीक इसी समय बुद्धदेव ने जन्म लिया। लगता था कि जैसे सुनहरी पुतली-सा, चंपा के फूलों से घिरा हुआ एक और चाँद धरती पर उतर आया हो। चारों ओर रोशनी-ही-रोशनी फैल गई। कहीं भी अँधेरे का नाम तक नहीं था। पृथ्वी माता की छाती शीतल करनेवाले बुद्धदेव माया की मायावी गोद में इस प्रकार दिखाई पड़ रहे थे जैसे कमल के किसी फूल पर ओस की निर्मल, सुंदर, नन्ही-सी बूँद दिखाई पड़ती है। देखते-ही-देखते लुंबिनी का वह बाग प्रजाजनों से भर गया।

अपने संबंधियों, मित्रों, सेवकों और सभासदों के साथ राजा शुद्धोधन राजपुत्र को देखने के लिए आए। दास-दासी मिलकर शंख बजाने लगे, मंगल ध्वनि करने लगे। स्वर्ग से फूलों की वर्षा होने लगी। आकाश में बादलों पर बैठे हुए देवता दुंदुभियाँ बजाने लगे। इस पृथ्वी के घर-घर में शंख और घंटे बजने लगे। पाताल में भी जय झंप और जयडंके बजने लगे। तीनों लोकों में हो रहे इस आनंद-मंगल के बीच में जन्म लेकर वे इस पृथ्वी पर पहले सात डग भरने लगे। जिस-जिस जगह उनके छोटे-छोटे पाँव पड़ते थे, उस-उस जगह अतल, सुतल, रसातल आदि लोकों को फोड़ता हुआ अग्नि चक्र के समान एक-एक स्वर्ण कमल निकलने लगा और सात स्वर्गों के सात बादल, सात समुद्रों से जल ला-लाकर उनपर बरसाने लगे। देवता, राक्षस और मनुष्य मिलकर सातों कमलों से घिरे हुए बुद्धदेव का अभिषेक करने लगे।

नालक अभी चकित होकर यह सब देख ही रहा था कि इतने में उसकी माता ने उसे जोर से पुकारा, "अरे ओ पाजी! ऋषि तो यहाँ हैं नहीं और तू अकेला इस वन में रह रहा है। न सोना, न खाना, न पढ़ना, न लिखना; बस आँखें बंद किए ध्यान लगाए बैठा है। इस उमर में अभी से तू संन्यासी बनने लगा है। चल, घर चल!"

माँ नालक का हाथ पकड़े हुए, उसे घसीटते हुए चल पड़ी। धूल से लथपथ हुए बालक ने उनसे कहा, "माँ, छोड़ दो। देखूँ तो, उसके बाद क्या हुआ। एक बार छोड़ दो, माँ। छोड़ दो माँ, छोड़ दो मुझे।"

लगता था कि सारा जंगल नालक के दुःख से दुःखी होकर कह रहा हो, 'छोड़ दो, छोड़ दो।'

पर वह उसे सीधे घर ले आई और ताले में बंद कर दिया। फिर उसने उसे जबरदस्ती पढ़ने के लिए पाठशाला में गुरुजी के पास भेजा। पाठशाला में गुरुजी ने उसे पढ़ाया, "अहं भंते।"

नालक ने दोहराया, "भंते।"

गुरुजी ने लिखने के लिए कहा, "अनुग्गहं कत्वा सीलं देथ मे भंते।"

नालक बड़बड़ाता हुआ ताड़पत्र पर लिखने लगा, "सीलं देथ मे भंते।"

किंतु न तो उसका कुछ लिखने को ही मन कर रहा था और न कुछ पढ़ने ही का मन था। उसके प्राण तो वर्धन वन के उसी बरगद के पेड़ के नीचे और उसी कपिलवस्तु की राजधानी में बसे हुए थे।

पाठशाला की कोठरी की खिड़की में से इमली का पेड़, काँस, कँटीली झाड़ियाँ, बाँसों का झुरमुट और एक पोखरा दिखाई पड़ता था। दोपहर के समय वहाँ धूप रहती थी। लाल चोटीवाली टिटिहरी चिड़ियाँ पेड़ की डालों पर फुदक रही और चहचहा रही थीं। कँटीली झाड़ी के फूलों पर एक काला भौंरा भन-भन करता हुआ चक्कर लगा रहा था। एक बार वह खिड़की के पास से होकर उड़ गया था। नालक का ध्यान उसी की तरफ था। वह सोचने लगा, 'अगर मेरे पास भी इसकी तरह पंख होते तो क्या माँ मुझे कमरे में बंद रख सकती? एक ही दौड़ में जंगल में निकल जाता।'

इसी समय गुरुजी ने कहा, "लिख बे, लिख!"

गुरुजी की आवाज सुनकर जंगल की चिड़ियाँ पेड़ पर से उड़ गईं और ताल-पत्रों पर सर-सर करती हुई बालकों की कलमें चलने लगीं।

नालक को वहाँ जो कष्ट था, उसे वह स्वयं ही जानता था। उससे लिखते नहीं बनता था और लिखना बंद वह कर नहीं सकता था। वह रोता था, पर उसे पढ़ना पढ़ता था—य, र, ल, व, श, ह—फिर चाहे वह बरसात का दिन हो या गरमी का, सुबह का समय हो या दोपहर का।

पाठशाला से छुट्टी होने पर जब उसकी माँ उसे अपने साथ हाथ पकड़े हुए घर ले जाने लगती तो उस समय शाल से भी ऊँचे ताड़ के पेड़ों की चोटियाँ पुरवाई के चलने से हिलने लगतीं और बाँस के झुरमुटों में बैठे हुए कौए काँव-काँव करने लगते। बालक नालक मन-ही-मन सोचने लगता कि अगर इस समय जोर की हवा चलती और हमारे गाँव व पाठशाला को तोड़-फोड़कर उड़ा ले जाती तो हम लोगों को वन में ही शरण लेनी पड़ती, और फिर माँ मुझे घर में बंद भी न कर पाती।

रात के समय जब कभी घर के बाहर जोर-जोर से हवा सन-सन करती हुई चलती, चम-चम करती हुई बिजली की रोशनी चमकती, तब नालक मन-ही-मन सोचने लगता कि काश! अंधड़ आता, पानी बरसने लगता, मिट्टी की दीवारें गल जातीं, दरवाजे की साँकलें टूट जातीं, तूफान आता और मूसलधार पानी बरसता, चारों ओर पानी-ही-पानी हो जाता। पर हाय! दरवाजे किसी दिन भी न खुले, दीवारें भी नहीं गिरीं। ये बंद, वे बंद, सब बंद ही रहे।

खुले मैदान में, खुले आकाश से घिरे हुए उस तपोवन में वह कैसे जाकर घूमता-फिरता, जिसमें पक्षी आनंद से उड़ते थे, हिरन आनंद से खेलते थे, पेड़ों के नीचे मैदानी हवाओं को पकड़नेवाला कोई नहीं था और जहाँ हर कोई अपनी इच्छा से खेलता था, उड़ता था।

इधर नालक ऋषि की आशापूर्ण प्रतीक्षा में दिन गिन रहा था और उधर ऋषि बुद्धदेव की चरण-धूलि अपने सारे शरीर पर रमाए हुए, आनंद में अपने दोनों हाथ ऊपर उठाए हुए, नाचते हुए कपिलवस्तु से चले और रास्ते के गाँवों में 'नमो नमो बुद्ध दिवाकराय, नमो नमो गौतम चंद्रिकाय, नमो अनंतगुणाकर, नमो शाक्यनंदनाय' कहते हुए चले आ रहे थे।

शरद ऋतु थी। आकाश में सुनहरा प्रकाश था। रास्ते के दोनों ओर सुनहरे धान के खेत थे। लोगों का मन घर के काम-काज में नहीं लग रहा था। राजा-महाराजा अपने घोड़े सजाकर दिग्विजय के लिए चल पड़े थे और प्रजा भी टोलियाँ बना-बनाकर घरों से निकलकर हाटों, मैदानों और घाटों की ओर जाने लगी थीं। किसी के सिर पर टोकरी थी, कोई धान के खेत में निराई कर रहा था तो कोई सातों समुद्रों, तेरहों नदियों के उस पार व्यापार करने के लिए जा रहा था। जिन्हें कोई

काम नहीं था, वे भी ऋषि के साथ-साथ 'नमो नमो बुद्ध दिवाकराय' गाते हुए चलने लगे थे।

शाम घिर आई। नीले साफ आकाश में कहीं बादल का नाम भी नहीं था। आकाश से धरती पर चाँद का प्रकाश आ रहा था। ठीक सिर के ऊपर आकाश-गंगा प्रकाश के जाल के समान उत्तर से दक्षिण तक फैली हुई दिखाई पड़ रही थी। देवल ऋषि गाँवों के रास्ते से 'नमो नमो गौतम चंद्रिकाय' कहते हुए चले आ रहे थे। माँ की गोद में बैठा हुआ बालक सुन रहा था 'नमो नमो गौतम चंद्रिकाय'। दहलीज पर खड़ी हुई माता सुन रही थी, 'नमो नमो''' ।' घर के अंदर बैठी हुई बूढ़ी ने सुना 'नमो'। फिर उन सबने पुकारकर कहा, 'अरे नमो कहो, नमो कहो!'

गाँव के मंदिर के शंख और घंटे भी ऋषि के गान के साथ-साथ एक स्वर से बजते हुए 'नमो-नमो' कहने लगे। फिर सुबह होने को हुई। कमलों पर पड़ी हुई ओस की बूँदें भी 'नमो-नमो' कहने लगीं। पश्चिम दिशा से जाते चाँद ने भी कहा—'नमो'।

उसी समय बालक नालक की भी नींद खुली। उसने ऋषि को आए हुए देखा। दरवाजे की साँकलें खुल चुकी थीं। खुले दरवाजे से सुनहरी धूप ने अंदर आकर नालक के सिर को सहलाया।

नालक ने भुनककर ऋषि को प्रणाम किया और ऋषि ने नालक को आशीर्वाद दिया, "सुखी होओ, मुक्त होओ।"

नालक ऋषि का हाथ पकड़े हुए रास्ते में खड़ा था और उसकी माँ अपने दोनों हाथों से आँचल फैलाए रोते हुए कह रही थी, "नालक के सिवा हमारा कोई नहीं है। उसे अपने साथ न ले जाओ।"

ऋषि ने कहा, "दुःखी मत हो। आज से 35 वर्ष बाद तुम्हारा नालक तुम्हारे पास फिर लौट आएगा। भय न करो। तुम अपने नालक को बुद्धदेव के चरणों में सौंप दो।"

ऋषि मंत्र पढ़ने लगे और नालक के दोनों हाथ पकड़कर उससे उसकी माँ कहने लगी—

"कुसुमफुल्लितं एतं पगगहेत्वान अड्ञ्जलिम्
बुद्ध सेषठं सरित्वान आकासेमपिपूजये।"

अर्थात् नीले आकाश के नीचे बुद्धदेव की पूजा करती हूँ; और अपना सुंदर फूल (नालक) समर्पित करती हूँ।

नालक का हाथ पकड़े हुए ऋषि उसे अपने साथ वन की ओर ले गए।

अब फिर वही वर्धन वन और वही बरगद का पेड़। उस पेड़ के नीचे देवल ऋषि और उनके साथ बहुत से संन्यासी जलती हुई अग्नि के चारों ओर बैठे हुए थे। आग की रोशनी में उनके हाथों के त्रिशूल चमक रहे थे। घना जंगल था। चारों तरफ काजल जैसा अंधकार था। कहीं कुछ सूझ नहीं रहा था। केवल बरगद के पेड़ के बड़े-बड़े पत्ते, जटाएँ और संन्यासियों के जटाजूट दिखाई पड़ रहे थे। तपे हुए सोने के समान आग का प्रकाश बादलों में बिजली की तरह झिलमिला रहा था।

ऐसे घोर अंधकार में बालक नालक चुपचाप ध्यान लगाए हुए बैठा था। उसके सिर के ऊपर नीला आकाश था, चारों ओर गहरा अंधकार। किसी ओर से कोई शब्द नहीं सुनाई पड़ रहा था। किसी मुख से कोई बात निकल नहीं रही थी। केवल देवल ऋषि कभी-कभी बोल उठते थे, ''उसके बाद''। नालक की आँखों के सामने दृश्य-पर-दृश्य आ रहे थे और वह कह रहा था—

''राजा शुद्धोधन हिरन की खाल से मढ़े हुए हाथीदाँत के सिंहासन पर बैठे हुए हैं। उनके दोनों ओर चार-चार ज्योतिषी बैठे हुए हैं। राजा के ठीक सामने आग जल रही है। उसके उधर माँ गौतमी बैठी हुई हैं और उनके चारों ओर धान, दूब, शंख, घंटा, फूल, चंदन, धूप आदि चीजें बिखरी पड़ी हैं।

पूजा समाप्त होने पर राजा अपने ज्योतिषियों से पूछ रहे हैं कि राजपुत्र का क्या नाम रखा है?

ब्राह्मण कह रहे हैं कि पृथ्वी के लोग इस राजकुमार द्वारा बहुत से अर्थ और बहुत सी सिद्धियाँ प्राप्त करेंगे; इसलिए इसका नाम 'सिद्धार्थ' रखा गया है। राजा होने पर यह राजकुमार जीवन के सभी अर्थ प्राप्त करेगा और यदि राजा न हुआ तो बुद्धत्व प्राप्त करके अपने कार्यों से जगत् को प्रसन्न व सुखी करेगा और मरने के बाद निर्वाण प्राप्त करके अपने को सार्थक बनाएगा। इसीलिए इसका नाम हुआ सिद्धार्थ।

राजा उनसे फिर पूछ रहे हैं कि कुमार सिद्धार्थ राजा होकर राजत्व प्राप्त करेंगे या राज्य छोड़कर और जंगलों में जाकर बुद्धत्व प्राप्त करेंगे? इस संबंध में आप अपना निश्चित मत बतलाएँ।

राजा के आठों ज्योतिषियों ने गणना शुरू कर दी। गणना करने के बाद सबसे पहले श्रीराम आचार्य राजा को दो अंगुलियाँ दिखाते हुए कहने लगे, ''महाराज, ये राजा भी हो सकते हैं और संन्यासी भी हो सकते हैं। पर इन दोनों में से क्या होंगे, यह कहना कठिन है। दोनों स्थितियाँ बराबर दिखाई पड़ती हैं।''

श्रीराम आचार्य के भाई लक्ष्मण ने अपनी दोनों आँखें बंद किए हुए कहा,

"मेरे बड़े भाई ने जो कहा है, वह ठीक है।"

अपने दोनों हाथों को घुमाते हुए तीसरे ज्योतिषी ने कहा, "हाँ, कहना भी सत्य और न कहना भी सत्य है।" श्रीमंतिन दोनों ओर अपनी गरदन घुमाते हुए बोले, "मेरी भी यही राय है।"

दोनों आँखें फैलाए हुए भोज बोले, "यह भी दिखाई पड़ता है, वह भी दिखाई पड़ता है।"

सुदत्त अपनी गरदन दाहिने-बाएँ घुमाते हुए बोले, "यह ठीक-ठीक दिखाई पड़ता है, वह भी ठीक-ठीक दिखाई पड़ता है।"

सुदत्त के भाई सुवाम ने नासा में सुँघनी लेते हुए कहा, "बड़े भाई की बात मुझे ठीक जँचती है।"

केवल उन सबमें से छोटे, पर विद्या में उन सबसे बड़े ज्योतिषी कौंडिन्य ने राजा की ओर एक अंगुली करते हुए कहा, "इधर या उधर क्या? यह क्या वह क्या? मेरी यह निश्चित राय है कि यह राजकुमार सिवाय बुद्ध होने के और कुछ हो ही नहीं सकता। यह घर में किसी तरह से नहीं रुकेगा। जिस दिन सिद्धार्थ की आँखें किसी जीर्ण-शीर्ण वृद्ध को, रोग से पीड़ित किसी आदमी को, किसी शव को और किसी भिखारी को देख लेंगी, उसी दिन यह राजकुमार आपका सोने का संसार अंधकारपूर्ण करके उसी प्रकार चला जाएगा, जिस प्रकार कोई पंछी सोने की जंजीर काटकर उड़ जाता है।"

संन्यासियों का दल हुंकार भरकर उठ खड़ा हुआ। आँखें खोलने पर नालक को दिखाई पड़ा कि सवेरा हो गया है।

उसे कुछ दिखाई नहीं पड़ रहा था। उस दिन के बाद से नालक जब भी ध्यान लगाकर बैठता तो उसे सूरज का प्रकाश आग की तरह झकझक करता हुआ दिखाई पड़ता। उसे एक लंबी-चौड़ी और बहुत अधिक ऊँची दीवार दिखाई पड़ती, जिसने नीले आकाश को रोक लिया था और हवा का चलना भी बंद कर दिया था। उसका कोई ओर-छोर नहीं था। उसे भेदकर दृष्टि नहीं जा सकती थी। नालक का मन पंछी की तरह उड़ता था, पर उस दीवार के बीच में बाधक होने से लौट आता था। इस तरह दिन-पर-दिन, मास-पर-मास, बरस-पर-बरस बीतने लगे। सोने की दीवार के उस पार सिद्धार्थ और इस पार नालक—वैसे ही एक-दूसरे से दूर रहते हैं, जैसे पिंजरे का पंछी और वन का पंछी एक-दूसरे से दूर रहते हैं।

सिद्धार्थ कहीं संन्यासी होकर चला न जाए, इस भय से राजा ने उसे सोने के पिंजरे में बंद किए हुए पंछी की तरह सुनहरे स्वप्नों, सुख-भोगों और राग-रंगों की

माया में फँसाए रखा। गरमी के दिनों में धूप की तेजी बढ़ती है, जल सूख जाता है, लू चलने से चारों दिशाएँ जलने लगती हैं। जब वर्षा ऋतु में नए बादल दिखाई पड़ते हैं, जल की धारा से पृथ्वी डूब जाती है, नदियों में नाले गिरने लगते हैं; जब शरद ऋतु में आकाश नीला हो उठता है, सफेद बादल हलके होकर हवा में तैरने लगते हैं; जब सर्दी में चारों ओर बर्फ और कोहरा छा जाता है, पत्ते झर जाते हैं और फिर जब बसंत ऋतु में चारों ओर फूल-ही-फूल आ जाते हैं, गंध से आकाश भर उठता है, दक्खिनी हवा, चाँदनी, पंछियों के गान में आनंद फूट-फूट पड़ता है; तब पिंजरे में बंद पंछी के मन में भी कुछ होने लगता है। राजमंदिर की सोने की दीवारों से घिरे हुए बुद्धदेव के मन में कुछ वैसा ही होने लगा था।

सिद्धार्थ को सुनाई पड़ता था, ''सारा जगत् और सारी पृथ्वी गरमी के दिन में, बरसात की रात में, शरद की संध्या में, सर्दी की सुबह में और बसंत के पहर-पहर में कोयल की कहीं कूक, हवा की हू-हू, बरसात की कहीं झिर-झिर, सर्दी की कहीं थर-थर के माध्यम से रोते हुए विनयपूर्वक मुझे बुला रही है और कह रही है कि बाहर आओ, बाहर आओ, निस्तार करो, निस्तार करो। त्रिभुवन में दुःख की ज्वाला जल रही है, जला मारनेवाली आग जल रही है। दुःख ताप से जीवन सूखता जा रहा है। देखो, आँसुओं से छाती भीग गई है। दुःख के बाणों ने मन का बाँध तोड़ दिया है। आनंद—वह तो आसमान की बिजली के समान अभी है और अभी नहीं; सुख—वह शरद के बादल की तरह भागता ही जाता है, रुकता ही नहीं; जीवन—वह तो शीतकाल में खिलनेवाले हरसिंगार के फूलों की तरह झरता ही जाता है। बसंतकाल सुख का समय होता है, वह तो टिकता ही नहीं। हाय रे! पृथ्वी पर दुःख की आग, मृत्यु की चिता दिन-रात जल रही है। उसे कौन बुझाए? तुम्हारे सिवा और कौन है, जो पृथ्वी का भय दूर कर सकता है? माया में अब और मत भूले रहो। फूलों के बंधन तोड़ फेंको। बाहर आओ—निस्तार करो। जीवों को अभय दो।''

बुद्धदेव के दर्शनों के लिए नालक के प्राण, इस पृथ्वी के लोगों के प्राण, वायु के प्राण आकुल-व्याकुल हो रहे थे। उनके मन का दुःख कभी बरसात की तरह झर पड़ता था, कभी आँधी की तरह सोने की दीवार पर धक्का देता था, कभी प्रकाश बनकर पुकार उठता था—आओ। अंधकार बनकर पुकार उठता—निस्तार करो और कभी रंगीन फूल बनकर खिल उठता था तथा सूखे पत्ते की तरह झड़ पड़ता था। सिद्धार्थ की आँखों के सामने चारों ओर, जगह-जगह, दिन-रात, महीने-बरस अनेक रूपों में दुनिया के लोगों की हँसी-रुलाई, जीना-मरना लगा हुआ था।

एक दिन उन्होंने नीले आकाश में पारिजात के फूलों की लड़ी की तरह पंक्तिबद्ध होकर हंसों के एक दल को आनंदमग्न उड़ते हुए देखा। उनके हजार पंख एक साथ, एक ताल पर उठ-गिर रहे थे। वे एक स्वर में कह रहे थे—चल! चल!! चल, रे चल!!! आकाश उनकी पुकार का उत्तर दे रहा था—बादल सफेद पाल उठाए हुए चल रहे थे, हवा बादलों को ठेलती हुई चल रही थी। पृथ्वी भी उनकी पुकार का उत्तर दे रही थी—नदी समुद्र की ओर बढ़ रही थी और समुद्र नदी की ओर बढ़ रहा था—पहाड़ तोड़ते हुए, बालू ठेलते हुए।

आनंद की इस घड़ी में जब सब चल रहे थे, सब हँस-बोल रहे थे, किसी के हाथ से छूटे हुए तीर ने बिजली की रफ्तार से उड़कर एक हंस का पर बेध दिया। वह पीड़ा से चीत्कार कर उठा। उसके चीत्कार से दसों दिशाएँ सिहर उठीं। खंडित माला के फूल की तरह तीर से बिंधा हुआ और खून से लथपथ राजहंस उनके पैरों के पास ही आकर गिर पड़ा। कहाँ गया उसका वह आनंद! कहाँ गया उसका हवा में उड़ना! कहाँ गया उसका मधुर स्वर में बोलना! एक पल में पृथ्वी का सारा आनंद नष्ट हो गया, प्राण नष्ट हो गए। आकाश खाली हो गया। एक के तीर से घायल होने पर, उसका बोलना-चालना और खेलना बंद हो गया। केवल कहीं दूर से सिद्धार्थ के कानों के पास, प्राणों के पास रोने और सिर्फ रोने की आवाज, दिल को फाड़ देनेवाली आवाज आने लगी।

वे दिन-रात, आते-जाते, चलते-फिरते, सुख-शांति में, काम-काज में, आनंद-मंगल में रोना-ही-रोना—सारे जगत् का रोना, छोटे-से-छोटे का रोना, बड़े-से-बड़े का रोना सुनने लगे।

कई दिनों के बाद दिन-रात का वह आँधी-पानी खत्म हुआ। उस दिन के काले बादल भी छँट गए। पूर्व दिशा में सुबह के समय रोशनी दिखाई पड़ी। आकाश आज आनंद से हँस रहा था, हवा आनंद से बह रही थी, बादलों पर प्यारी-प्यारी पीली रोशनी पड़ रही थी। वन-वन में पक्षी, गाँव-गाँव में किसान, घर-घर में लड़के-लड़कियाँ मधुर मंगल गीत गा रहे थे।

पूर्वी दरवाजे में खड़े हुए सिद्धार्थ देख रहे और सोच रहे थे कि आज कहीं भी दुःख नहीं है, रोना नहीं है। जितनी दूर तक दिखाई पड़ता है, जहाँ तक सुनाई पड़ता है—सब आनंद-ही-आनंद है। मैदानों में हरी-हरी घास आनंद की सूचक है, वन-उपवन में आनंद के फूल खिले हुए हैं। घर-घर में लड़के-लड़कियाँ रंगीन कपड़े पहने हुए नए-नए खेल खेल रहे हैं, झूम-झूमकर गा रहे हैं। पेड़ों-लताओं से फूल-पत्ते झर-झरकर आनंद की वर्षा कर रहे हैं। सुनहरी धूल के समान पथ-

पथ पर आनंद उसी प्रकार उड़ रहा है, जैसे होली में अबीर उड़ता है।

इस आनंद के बीच सिद्धार्थ का मनोरथ नाम का रथ पूरब दिशा की ओर, जिधर अंधकार मिट रहा था, उस ओर धीरे-धीरे चलने लगा। लगता था कि आज पृथ्वी पर दुःख नहीं है, शोक नहीं है, रोना नहीं है, सिर्फ आनंद ही रह गया है—सोकर उठने के बाद जागने का आनंद, अंधकार मिटने पर प्रकाश प्राप्त होने का आनंद फूल की तरह खिल उठा है, प्रकाश की तरह चमक उठा है। गान-गान में, बंसी की तान-तान में आनंद जाग उठा है। आज धरती की कोई चीज ढह या मर नहीं रही है।

इतने में सुबह का यह सारा प्रकाश, यह सारा आनंद सिद्धार्थ के रथ के आगे न जाने कहाँ से लाठी पर भार टेके एक बूढ़े के आ टपकने से एक क्षण में उसी प्रकार नष्ट हो गया, जैसे तेज हवा के झोंके के आने से दीपक का प्रकाश नष्ट हो जाता है। उसके शरीर में जरा भी मांस नहीं था, केवल हड्डियाँ-ही-हड्डियाँ थीं। बुढ़ापे के कारण वह कुबड़ा हो गया था। उसके हाथ-पाँव काँप रहे थे, गरदन काँप रही थी, शरीर काँप रहा था, बोलने पर उसकी आवाज काँप रही थी। आँखों से उसे कुछ दिखाई नहीं पड़ रहा था। कानों से उसे कुछ सुनाई नहीं पड़ रहा था। केवल जली हुई दो लकड़ियों की तरह उसके दो हाथ सामने फैले हुए थे, जो प्रकाश से अंधकार की ओर धीरे-धीरे बढ़ रहे थे। उसमें शक्ति नहीं थी, समर्थता नहीं थी और न अपना ही कहने के लिए कोई आदमी था। इस दुनिया में उसका कोई लड़का-बच्चा या भाई-बंधु नहीं था। उसके सब अपने मर-खप गए थे। जीवन का रंग-रस सब सूख गया था। सब खेल खत्म हो चुके थे। अब प्रकाश उसकी आँखों को कष्ट देता था। स्वर उसके कानों को बेसुरे लगते थे। आनंद उसके लिए निरानंद हो चुका था। अनेक तरह के अँधेरे, अनेक तरह के दुःख-शोक, अनेक तरह की कष्ट-पीड़ाएँ, सैकड़ों गुदड़ियों की तरह अपने चारों ओर लपेटे हुए वह अकेले एक तरफ आनंद से दूर, प्रकाश से दूर चला जा रहा था। प्राण उसके पास से भागना चाहते थे, गान उसकी आहट पाकर चुप हो जाते थे, सुख उसके पास फटकता नहीं था, सुंदरता उसे देखकर मुँह चिढ़ाने लगती थी।

सुबह के प्रकाश पर अपनी काली छाया फैलाता हुआ, पिशाच के समान बिना दाँतों की विकट हँसी हँसता हुआ वह बुड्ढा सिद्धार्थ का रास्ता रोककर कहने लगा, 'मुझे देखो! मैं बुढ़ापा हूँ! मेरे हाथ से किसी का छुटकारा नहीं। मैं सबको सुखा डालता हूँ, सब को खपा डालता हूँ। सब सोख लेता हूँ, सब लूट लेता हूँ। मुझको अच्छी तरह पहचान रखो राजकुमार! एक दिन तुम पर भी मेरा हाथ

पड़ेगा। राजपुत्र होने से ही तुम मुझसे अपने को बचा नहीं सकते।'

विकट हँसी हँसते हुए उसने दसों दिशाओं में जब देखा, तब आकाश का प्रकाश, धरती की हरियाली उसकी नजर लगने से एक ही क्षण में नष्ट हो गए, खेत जल गए। जो कुछ नया था, सब पुराना पड़ गया, जो कुछ ताजा था वह बासी हो गया। सिद्धार्थ ने फिर देखा कि पहाड़ धँस रहे हैं, पेड़ गिर रहे हैं, सब धूल हुए जा रहे हैं, सब खाक हुए जा रहे हैं और उनके बीच से सफेद बाल हवा में उड़ाती हुई धीरे-धीरे कदम बढ़ाती हुई अंतहीन, दंतहीन विकट मूर्ति जरा संसार का सब प्रकाश नष्ट करती हुई, सब आनंदों को मिटाती हुई, सब सुखों को लूटती हुई, केवल हड्डियों से ताली पीटती हुई चली जा रही है।

फिर एक दिन सिद्धार्थ का मनोरथ, सिद्धार्थ का सोने का रथ मीठी-मीठी ठंडी-ठंडी हवा में अपनी पताका फहराता हुआ कपिलवस्तु के दक्खिनी दरवाजे से बाहर जा रहा था। ठंडी हवा कितने ही फूलों की गंध से, कितने ही चंदन के वृक्षों के स्पर्श से शीतल हो शरीर को लग रही थी और सब तरह के तापों और दुःखों को शांत कर रही थी। वह दक्खिनी हवा फूलों को खिलानेवाली थी। दूर-दूर मैदानों से कितने ही चरवाहों की बंसियों के स्वर, वनों-वनों से कितने ही पपीहों के पी-पी बोल उस हवा में बहते हुए कानों के पास, प्राणों के पास पहुँच रहे थे। घर-द्वार खुले छोड़कर सभी लोग बाहर जा रहे थे, सभी गाते हुए जा रहे थे—खुली हवा में, तारों की छाँह में। ऊपर आकाश में ठंडा नीला-आकाश फैला था, नीचे पृथ्वी पर ठंडी चाँदनी बिछी थी और इन दोनों के बीच में मीठी-मीठी ठंडी हवा—फुर-फुर करती हुई दक्खिनी हवा जल में, थल में, वन में, उपवन में, घर में, बाहर में सुख-स्पर्श करती हुई बह रही थी। उस हवा में हृदय आनंद से झूमने लगता था।

आज मनोरथ सुंदर चाल से नाचता हुआ चल रहा था—घंटियों के ताल पर, सुख-सागर के शांत जल पर। स्वप्न के फूल की तरह शुक्रतारा पृथ्वी की ओर देख रहा था। सुख का प्रकाश झर रहा था, सुख की हवा धीरे-धीरे बह रही थी—पूरब में, पश्चिम में, उत्तर में, दक्षिण में। ऐसा लगता था कि उस दिन दुःख-दर्द कहीं दूर चला गया हो, कहीं कोई अस्वस्थ न हो, इस दुनिया में सब आराम से, सुख से, आनंद से रह रहे हों।

इसी समय परदा हटाकर सुख-स्वप्न को भंग करते हुए सिद्धार्थ के रथ के सामने ज्वर से जर्जर, रोग से व्याकुल एक पीली मूर्ति आ खड़ी हुई। उससे खड़ा नहीं हुआ जाता था—वह चक्कर आने से गिर पड़ती थी। उससे चलते भी नहीं बन पड़ रहा था। वह धूल पर और कीचड़ में सोई पड़ी रहती थी। कभी वह सर्दी से

काँपती थी और कभी अपने ही शरीर की आग से जलने व पानी-पानी कहते हुए कराहने लगती थी। उसकी दोनों आँखों में खून उतर आया था। उन आँखों के देखने से सारा आकाश आग के समान लाल हो उठता था। उसके शरीर का सारा खून पानी बन चुका था। इसलिए उसके शरीर का रंग कागज के समान पीला और बर्फ के समान ठंडा हो गया था। हवा उससे छू जाने पर बर्फ के सामन ठंडी हो जाती थी। जब वह साँस खींचती थी तो ऐसा लगता था कि सारे संसार की हवा वह अपने अंदर भर रही हो। जब वह साँस छोड़ती थी तो ऐसा लगता था, जैसे अपने प्राण, अपना सारा दु:ख-कष्ट सारे संसार को दे रही हो।

सिद्धार्थ ने देखा कि संसार का सारा प्रकाश डूब गया है, हवा मर गई है और सबका गाना-चहकना बंद हो गया है। केवल धूल-कीचड़ से लिपी-पुती तथा ज्वरग्रस्त उस पीली मूर्ति के दिल से धक-धक आवाज निकल रही थी, जैसे पत्थर की दीवार पर कोई हथौड़ी से चोट कर रहा हो। उसी आवाज के ताल पर तारे एक बार बुझ जाते थे और दूसरी बार जल उठते थे। हवा एक बार आती थी और एक बार जाती थी।

बुखार से जलती हुई उस भीषण मूर्ति को देखकर सिद्धार्थ घर लौट आए, राज-वैभव के बीच फिर चले आए, सुख-सागर के तट पर चले आए; पर तब भी उन्हें वह धक-धक शब्द, उस ज्वरग्रस्त पंजर के दिल के भीतर का 'धक-धक' शब्द सुनाई पड़ रहा था।

इस बार पश्चिमी दरवाजे से, अस्ताचल पथ से पश्चिम की ओर, उस दिशा की ओर जिधर दिन डूबता है, जिधर सूरज अस्त होता है—सोने का रथ जा रहा था। उस तरफ से सभी लोग घरों को लौट रहे थे। कलरव करते हुए पक्षी अपने-अपने बसेरों में पेड़ों की डालों पर, पत्तों की ओट में लौट रहे थे। गाएँ-बछड़े सुनहरी धूल से नहाए हुए गोधूलि वेला में मैदान लाँघते हुए, नदी पार करते हुए अपनी-अपनी गोशालाओं की ओर आ रहे थे। चरवाहे लड़के उसी रास्ते से गायों के पीछे-पीछे बंसी बजाते हुए मिट्टी के घर में बैठी हुई अपनी माँ की गोद में आ रहे थे। दूर गाँवों के हाटों में खरीद-फरोख्त करके सब लोग लौट रहे थे। जो दूर थे, वे भी लौट रहे थे, जो पास थे वे भी लौट रहे थे। घरों के ऊपर आकाश-दीप उन लोगों को प्रकाश दिखाने के लिए जला दिए गए थे, जिनके अपने घर-द्वार नहीं थे।

तुलसी-चौरे पर दो दीए जलाए गए थे। जो काम कर रहे थे, पढ़ रहे थे या खेल रहे थे, उनके लिए भी दीए जला दिए गए थे। सभी उन दीयों को माता की दो

आँखों के समान एकटक देखते हुए घरों को लौट रहे थे—भाई बहनों के पास, बंधु-बांधवों के पास। जो भिखारी थे, वे भी एकतारे पर माता के आगमन का गीत 'माँ घर आई है, माँ घर आई है' बजाते हुए अपने घरों को आनंदपूर्वक लौट रहे थे। मिलन-सुख के शंख घर-घर बज रहे थे। माता के आगमन का स्वर, फिर घर लौटने का स्वर, दिल में आ छिपने का स्वर, गोद में आने और गले से लगने का स्वर आकाश से छूटा आ रहा था, खुले दरवाजों में से उचककर झाँक रहा था, खाली घरों में पुकार रहा था।

शून्य प्राण और रिक्त हृदय घर लौट आने के सुख से, खोई हुई निधि प्राप्त कर लेने के सुख से भरे जा रहे थे।

सिद्धार्थ को उस दिन कहीं सुख का अभाव नजर नहीं आया। आनंद के बीच तिनके के समान कोई ऐसी छोटी-सी भी दरार नहीं थी, जिसमें से दुःख का प्रवेश हो सकता हो। भरी हुई नदी के समान आनंद भरपूर था, जो संसार को प्रकाश और रस से सराबोर कर रहा था। आनंद की बाढ़ आई हुई थी। उससे कोई जगह खाली नहीं थी। उससे कोई व्यक्ति हीन नहीं था। सिद्धार्थ मिलन का आनंद देखते हुए चल रहे थे। उस दिन कोई किसी को भूल नहीं रहा था, किसी को छोड़ नहीं रहा था, उससे छोड़े नहीं बनता था, वह छोड़ना चाहता भी नहीं था। आनंद किसे नहीं था? आनंद कहाँ नहीं था? कौन दुःखी था? किसकी आँखों से आँसू निकल रहे थे? किस चलते-फिरते आदमी का मुख सूखा हुआ दिखाई पड़ रहा था? इतने में इन सब सवालों का जवाब देता हुआ मंदिर का टूटा हुआ काँसे का घंटा खन-खन कर तीन बार थर्रा उठा—है! है!! दुःख है!!! उसी समय सारे संसार को सोते से झटके से जगाती हुई, दिल को फाड़ती हुई रोने की एक आवाज उठी—हाय! हाय!! हाय!!!

आकाश उस आवाज से फट पड़ा, हवा उस आवाज से चिर उठी। अंतड़ियों को नोचने लगी थी वह आवाज।

सिद्धार्थ सुख के स्वप्न से बरबस जाग उठे। उन्होंने आकाश की ओर आँखें उठाकर देखा। उन्हें आकाश के तारे मरे हुए मनुष्य की बुझी हुई आँखों के समान दिखाई पड़े। उन्होंने आँखें नीची करके धरती की ओर देखा। जल-थल पर अढ़ाई पहर में ही पीले कुहासे का जाल फैल गया था। लगता था, पृथ्वी का मुँह ढककर कोई धीरे-धीरे चादर फैला रहा हो। घर-घर में दीए बुझ रहे थे। सब जलते-बुझते या बुझते-जलते दीए। एक बार बस भक करके बुझ गए और फिर नहीं जले। कहीं भी रोशनी नहीं रही। कोई आवाज भी नहीं दे रहा था, कोई शब्द भी नहीं कर

रहा था। आधे आकाश में जुटे हुए जल भरे काले बादल रोती हुई आँखों से चू पड़ रहे थे। आकाश से धरती पर आँसुओं के समान बूँद-बूँद करके वर्षा हो रही थी।

इनके बीच में बुद्ध ने देखा कि दल बाँध-बाँधकर लोग उधर चले आ रहे हैं, सफेद चादरों में लपेटे हुए हजारों लोगों के शव—कंधों पर उठाए, गोद में लिए, छाती से लगाए। उनके पैर धरती पर पड़ तो रहे थे पर और कोई शब्द नहीं हो पा रहा था। उनकी हाँफती हुई छाती से दिल को चीरनेवाली रुलाई निकल रही थी, पर इसके सिवा कोई और बात नहीं निकल रही थी। नदी के पार उस दिशा में, जिधर सूर्य डूबता है, जिधर प्रकाश बुझ जाता है, उसी ओर दो उदास आँखें जल्दी-जल्दी आगे की ओर, सामने की ओर, दूर-दूर से, बहुत दूर से, घरों से भी दूर, गोद से भी दूर, दिल से भी दूर, घर आने के रास्ते से भी दूर, दिल में प्रवेश करने के रास्ते से भी दूर, गोद में पहुँचनेवाले रास्ते से भी दूर—जानेवाले रास्ते पर, छोड़ने वाले रास्ते पर, रुलानेवाले रास्ते पर अग्रसर हो रही थीं।

इधर-उधर चिताएँ जल रही थीं और उनसे कुछ दूर हटकर लोग शोक में रो रहे थे। बीच में जाने का एक रास्ता था, जिस पर लोगों को रोते हुए चलना पड़ता था। जगह-जगह गरम साँस की तरह गरम हवा के झोंके गरम-गरम राख को उड़ाकर उस रास्ते पर चलनेवालों के मुँह और आँखों पर फेंक रहे थे। सिद्धार्थ ने देखा कि राख उड़-उड़कर बालों को सफेद किए दे रही है, शरीर का रंग पीला किए दे रही है। सब को जलानेवाली, सब को झुलसानेवाली गरम राख उड़ रही है। उन्हें लगा कि जीवन राख होकर उड़ रहा है, मरण की राख बनकर उड़ रहा है। सुख राख बनकर उड़ रहा है, संसार में जो कुछ है, जितना कुछ है, सब राख बनकर सिर के ऊपर, धूसर आकाश के बीच से, पीले बादल के टुकड़े की तरह उड़ता चला जा रहा है।

बुद्धदेव ने उसके नीचे देखा कि एक मरे हुए बच्चे को उठाए हुए उसकी माँ उनकी ओर नजरें गड़ाकर एकटक देख रही है। उसके चारों ओर गरम हवा रोती हुई चक्कर लगा रही है—हाय! हाय रे हाय!!

उसी दिन घर लौटने पर सिद्धार्थ ने सोने के गमले की ओर देखा तो उन्हें उसमें खिले हुए कमल की जगह मुट्ठी भर राख और मरे हुए आदमी के कलेजे की जली हुई हड्डियाँ दिखाई पड़ीं।

फिर एक दिन बर्फीली हवा छुरी की तरह दिल को चुभ रही थी। शीत का कोहरा चारों ओर छाया हुआ था, धरती पर सूरज की रोशनी नहीं दीख पड़ रही थी, तारों की भी रोशनी नहीं थी, दिन-रात का कुछ फर्क समझ में नहीं आ रहा

था। धुँधली रोशनी में सबकुछ सफेद या काला ही जान पड़ रहा था। ऐसा लगता था कि पास की सब चीजें उठाकर दूर रख दी गई हों और वे सब धुँधले धुएँ या सफेद कोहरे से ढकी हुई हों।

उत्तर की ओर के मुख-द्वार पर खड़े हुए सिद्धार्थ देख रहे थे कि धरती की सारी हरियाली, सब पत्ते, सब फूल बर्फ और कोहरे से ढके पड़े हैं, और बर्फ के ही कारण ऊँचे-नीचे, छोटे-बड़े सब रास्ते और घाट एक जैसे हो गए हैं। आकाश में एक पंछी भी नहीं उड़ रहा है या गाता हुआ नहीं जा रहा है। न तो हवा में किसी फूल की गंध है, न उसके स्पर्श से सुख ही मिल रहा है और न ही उसमें आनंद का कोई स्वर ही निकल रहा है। सफेद बर्फ, बर्फीला कोहरा, प्रचंड सर्दी से सब चुप हो गए हैं, स्थिर हो गए हैं, पृथ्वी जैसे मूर्च्छित हो गई है।

सिद्धार्थ दिन-पर-दिन उत्तर के उस कोहरे और बर्फ के बीच में खड़े होकर सोचते रहते—जाल के समान फैले हुए कोहरे को हटाकर क्या प्रकाश फिर नहीं आएगा? बर्फ के गलने से रंग-बिरंगे फूलों के खिलने से क्या फिर पृथ्वी पर अब आनंद नहीं आएगा?

चारों दिशाएँ चुप थीं। सिद्धार्थ सावधान होकर और ध्यान लगाकर कुछ सुनना चाहते थे, पर उन्हें किसी ओर से कोई शब्द सुनाई नहीं पड़ रहा था। उन्हें दिन और रात, प्रकाश और अंधकार में से कोई भी शब्द सुनाई नहीं पड़ रहा था। वे शांत भाव से खड़े थे। उन्हें दूर-दूर तक बर्फ की दीवार और कोहरे का परदा ही दिखाई पड़ रहा था; उनके बीच में उन्हें दिखाई पड़ रही थी सफेद बालोंवाली उचकती हुई जरा, सूनी दृष्टि और पीले मुखवाला काँपता हुआ ज्वर तथा बर्फ की सफेद चादर ओढ़े हुए मौत। जिस प्रकार शीशे में अपना प्रतिबिंब दिखाई पड़ता है, जिस प्रकार सफेद कागज पर अनेक प्रकार के चित्र दिखाई पड़ते हैं, ठीक उसी प्रकार घने कोहरे के ऊपर बर्फ की जमी हुई दीवार के ऊपर सिद्धार्थ को अपना प्रतिबिंब और संसार के सब जीवों के चित्र जन्म लेते हुए, वृद्ध होते हुए और मरते हुए दिखाई पड़ रहे थे, और महाभय हाथ में खून से भरा हुआ त्रिशूल लिए उन्हें डाँटता-डपटता हुआ आगे-आगे चलने के लिए कह रहा था। छूटे हुए शिकारी कुत्तों की तरह ज्वर, जरा और मृत्यु महाभय के साथ-साथ चल रहे थे—अपने दाँतों, नाखूनों से सबकुछ चीरते हुए, फाड़ते हुए, टुकड़े-टुकड़े करते हुए। कुछ भी उनके आगे ठहर नहीं पा रहा था, कोई उनसे छुटकारा भी नहीं पा सकता था। वे नदी में कूद पड़ते थे तो नदी सूख जाती थी—वे पहाड़ को धक्का देते थे तो पहाड़ चूर-चूर होकर मिट्टी में मिल जाते थे। वे माताओं की गोद से बच्चों को खींचकर

ले जाते थे—दरवाजों की अर्गलाएँ तोड़कर, सिक्कड़ काटकर।

महाभय के आगे-आगे राजा-प्रजा, छोटे-बड़े सब उड़ते चले जा रहे थे—आँधी में उड़ते हुए सूखे पत्ते की तरह। भय से सब काँप रहे थे, भय से सब गिर-पड़ रहे थे। तेज हवा के कारण बुझती हुई लौ की तरह सबकुछ बुझ रहा था, सबकुछ नष्ट हो रहा था। वे घड़ी भर के लिए भी ठहर नहीं पा रहे थे। आकाश में हाहाकार करता हुआ भय छूटा चला जा रहा था। जल में, थल में, घर में, बाहर में, सब जगह, सब तरफ था भय—ज्वर का भय, जरा का भय, मृत्यु का भय। कहीं सुख नहीं था, कहीं शांति नहीं थी, कहीं आराम नहीं था।

सिद्धार्थ को अपने मन के भीतर भी भय दिखाई पड़ा, आँखों के ऊपर भी भय दिखाई पड़ा, सिर के ऊपर भी भय वज्रघात के समान चीखता हुआ दिखाई पड़ा, पैरों के नीचे भी भय भूकंप की तरह धरती को हिलाता हुआ दिखाई पड़ा और विशाल जाल की तरह पृथ्वी को चारों ओर से घेरे हुए भी भय दिखाई पड़ा। सारा संसार उस भय के अंदर आकुल-व्याकुल हो रहा था। अपने हजारों हाथों से भय आकाश को पकड़ने की चेष्टा कर रहा था। हवा में केवल यही शब्द उठ रहे थे—रक्षा करो! निस्तार करो! पर कौन रक्षा कर सकता था, कौन निस्तार कर सकता था—भय के जाल ने सारे संसार को घेर रखा था। कौन ऐसा था जिसे भय नहीं था, कौन ऐसा था जिसे दुःख नहीं था, शोक नहीं था। बुद्ध सोचने लगे कि इतनी शक्ति किसमें है, जो महाभय के हाथों से जगत् का उद्धार कर सके, उस अटूट मायाजाल को तोड़ सके।

आकाश में, हवा में, जल में, थल में, पूरब में, पश्चिम में, उत्तर में, दक्षिण में सब ओर से शब्द उठने लगे—विद्धा महि विद्धका महाशक्ति बुद्धगण! सदेवकस्स लोकस्य सफ्बे ऐत परायणा।

दीपा, नाथा, प्रतिष्ठा च ताणा लेना न पाणीनम्।
गति, बुं, महास्सासा, सरणा, च हितेसिणो॥
महाप्पमा, महातेजा, महापञ्चा, महाबला।
महा कासणिका धीरा सठबेसानं सुखावहा॥

बुद्धगण ही तीन लोकों के जीवों को मुक्ति-पथ पर ले चलते हैं। सबको सुखी महाभ्रु, महातेज, महाज्ञानी, महाबल, महाधी, करुणामय बुद्धगण ही बना सकते हैं। वे ही जगत् के हितैषी हैं, अकूलों के लिए कूल हैं, अनाथों के लिए नाथ हैं, सब को निर्भय करनेवाले हैं, निराश्रयों के लिए आश्रय हैं, अगतिकों के लिए गति हैं, जिसका कोई नहीं है, उसके बंधु हैं, जो हताश हो चुके हैं, उनके लिए

आशास्वरूप हैं, अशरणों के लिए शरण हैं।

देखते-ही-देखते सिद्धार्थ के सामने खड़ी हुई भय की मूर्ति, उनके मन में बसी हुई भय की मूर्ति, जगत् को पीड़ित करनेवाली भय की मूर्ति प्रकाश के सामने अंधकार की तरह विलीन हो गई। उनके देखते-ही-देखते आकाश का कोहरा प्रकाश में बदलकर पृथ्वी पर फैल गया। उसी प्रकार से बर्फ ने गलकर धरती को हरे पत्ते-पत्तियों से, फूल-कलियों से भर दिया। उसी प्रकाश से आनंद फिर जाग उठा। उसी प्रकाश से वन-उपवन में पक्षी चहकने लगे। वही प्रकाश बाहर बंसी बन-बनकर बज उठा, हृदय में आनंद बनकर फूट उठा, शांति बनकर चारों ओर छा गया। स्वर्ग, मर्त्य और पाताल—तीनों लोकों में आनंद का पथ उस प्रकाश ने खोल दिया और वहाँ शांति की सूचक सतरंगी ध्वजा फहराने लगी। उसी प्रकाश-पथ पर सिद्धार्थ ने अपने को नंगे सिर नंगे पाँव चलते हुए पाया। उन्हें कोई भय नहीं था। किसी प्रकार का दुःख या शोक भी नहीं था। आनंदस्वरूप सिद्धार्थ बर्फ के ऊपर, कोहरे के भीतर निर्भय होकर सबको अभयदान देते हुए आनंद में लीन हुए चले जा रहे थे। महाभय उनके पाँवों के पास, छाया के समान थर-थर काँप रहा था और मायाजाल उनके पाँवों के नीचे बादल के टुकड़ों के समान फट रहा था।

और दिनों की तरह वे उस दिन भी घर लौट आए, पर उस दिन से उनका मन उस राजमंदिर में, उस मायाजाल के घेरे में, सुनहरे स्वप्न में, घर के बंधनों में बँधा नहीं रह सका। वे उदास (साधु) होकर चल पड़े, घर छोड़कर चल पड़े—कितनी ही अनाम नदियों के किनारे-किनारे, कितने ही अनजाने देशों के पथ पर अकेले और निर्भय।

सिद्धार्थ की पत्नी यशोधरा सांध्य तारे के साथ-साथ फूटनेवाले फूल की तरह सुंदर बच्चे की माता बनी थी। उसके सुंदर मुख पर सुंदर हँसी थी, सहचरियाँ आनंद के गीत गा रही थीं, कपिलवस्तु के घर-घर में सतरंगी प्रकाश की मालाएँ लहरा रही थीं; पर ये सब सिद्धार्थ के मन को संसार की ओर प्रवृत्त न कर सके। वे नहीं रुके, वे नहीं ही रुके।

घर में लड़का हो गया है, अब सिद्धार्थ घर छोड़कर कहीं जाएँगे नहीं, ऐसा सोचकर शुद्धोधन ने उस बालक का नाम 'राहुल' रखा। पर सिद्धार्थ का मन संसार में लगा ही कब? रह गया राहुल, रह गई राहुल की माँ यशोधरा और रह गए राजमहल और बंधु-बांधव। उन सबको पकड़े और सँभाले रहे शुद्धोधन। केवल सिद्धार्थ चले गए—जिस तरह उनका जी चाहा।

उस दिन आषाढ़ मास की पूर्णिमा थी। रात निस्तब्ध थी। चारों ओर खामोशी

थी। राजमहल में सब सोए पड़े थे। दीपक बुझ जाने और संगीत बंद हो जाने के बाद सिद्धार्थ ने पुकारा—'छंदक! मेरा घोड़ा ले आओ।'

सिद्धार्थ के चरणों का दास छंदक उनके कंठक घोड़े को सोने का साज पहनाकर राजमहल में ले आया। सिद्धार्थ उसी घोड़े पर चढ़कर चले गए—नामविहीन नदियों के पार। पीछे अंधकार में विलीन हो गई कपिलवस्तु की राजपुरी, उनके सामने था पूर्णिमा के प्रकाश से आलोकित पथ।

इधर छंदक कपिलवस्तु की ओर हाथ में सिद्धार्थ का मुकुट, हाथ का कंगन, गले की माला, कानों के कुंडल और कंठक घोड़े को साथ लिए चला आ रहा था; उधर वन की ओर नंगे पाँव सिद्धार्थ नदी पार करके चले जा रहे थे—तपस्या करने, यह जानने के लिए कि दुःख का अंत कहाँ होता है।

देखने में वह छोटी सी नदी थी। उसका नाम नमा था। कोई उसे अनामा कहता था, कोई नामा कहता था तो कोई अनमा कहता था। जिस जगह से सिद्धार्थ ने नदी पार की थी, वह ऊबड़-खाबड़ जमीन थी, वहाँ कोई घाट नहीं था, केवल पत्थर और काँटे ही थे, और जिस पार सिद्धार्थ पहुँचे, वहाँ घाट का ढलवाँ रास्ता सीधे नदी में चला गया था। आगे पथ पर छायादार पेड़ थे। हरी घास और फूलों से वनपथ सजा हुआ था। इन दोनों किनारों के बीच में नदी का जल बालू को बहाता हुआ झिर-झिर बह रहा था। छोटा सा जाल लिए हुए एक मछुआरा मछलियाँ पकड़ रहा था। सिद्धार्थ ने अपनी सुनहरी चादर उतारकर उसे दे दी और उसकी फटी-पुरानी कथरी स्वयं ओढ़कर आगे बढ़ गए।

नदी आम और कटहल के पेड़ों के बीच से, छोटी-छोटी पहाड़ियों से रगड़ खाती हुई कभी पूर्व की ओर, तो कभी दक्षिण की ओर तीव्र गति से बहती चली जा रही थी। सिद्धार्थ उसी नदी की धारा के साथ-साथ, पेड़ों की छाया में, आनंद में लीन हुए चले जा रहे थे। उस हरी छाया और उस ठंडी हवा के कारण उनका मन वहीं रहने को करने लगा।

फलों से लदा और पत्तों से भरा हुआ जामुन का एक पेड़ ठीक नदी पर झुक आया था। उसके नीचे ऋषि का आश्रम था। वहाँ सात दिन, सात रातें रहकर सिद्धार्थ वैशाली नगरी चले गए। वहाँ आराड़ कालाम नामक एक जटाधारी पंडित नगर के बाहर आश्रम बनाकर अपने तीन सौ शिष्यों के साथ रहते थे। सिद्धार्थ ने उनसे शास्त्र पढ़े; ध्यान, आसन, योग, यज्ञ, मंत्र-तंत्र आदि सब सीखे; परंतु दुःख को कैसे जाना जा सकता है, इस बात का पता उन्हें तब भी न लगा।

वे फिर चल पड़े। चारों ओर विंध्याचल की पहाड़ियाँ थीं। उनके बीच में

राजगृह नाम का एक नगर था। मगध के राजा बिंबसार वहाँ राज करते थे। सिद्धार्थ ने उस नगर के पास ही रत्नगिरि पहाड़ की एक गुफा में आश्रय लिया। जब सुबह हुई तो सिद्धार्थ पहाड़ से नीचे उतरे और नगर के रास्ते में 'भिक्षा दो' की पुकार करने लगे। नगरनिवासी उस समय सोकर उठ चुके थे।

उन्होंने देखा—एक नया संन्यासी। इतना रूप, करुणापूर्ण तथा हँसता हुआ चेहरा, सोने के समान चमकता हुआ सुगठित आनंदमय शरीर, इतनी शांत आँखें—नगरनिवासियों ने पहले कभी नहीं देखी थीं। एक हाथ से अभय देता हुआ, दूसरे हाथ से भिक्षा ग्रहण करता हुआ, अपनी चरण-धूलि से राजपथ पवित्र करता हुआ चला जा रहा था। जो उसे देखकर आगे बढ़ता था, वह उसे फिर देखने के लिए लौट पड़ता था।

लड़के अपना-अपना खेल छोड़कर उसके पास आकर खड़े हो गए। युवतियाँ अपना घूँघट उठाकर उस ओर देखने लगीं। उसे देखने में किसी को भय नहीं लग रहा था, किसी को लज्जा नहीं आ रही थी। राजा बिंबसार उसे देखने के लिए राजपथ पर आकर खड़े हो गए। कितने ही संन्यासी वहाँ नित्य भिक्षा माँगने के लिए आते थे, पर ऐसा संन्यासी वहाँ कभी नहीं आया था।

राजपथ के दोनों ओर दर्शन करने के लिए खड़े लोगों की भीड़ लग गई थी। वे उसे देखते और उसके हाथ में भिक्षा देते थे। दुकानदार अपनी दुकानें उसे भिक्षा में दे देना चाहते थे, पंसारी टोकरियाँ खाली करके उसे भिक्षा में दे देना चाहते थे। जो स्वयं भिखारी थे, वे भी अपनी भिक्षा की झोली खाली करते हुए कहते—भिक्षा लो, भाई, भिक्षा लो। भिक्षा से सिद्धार्थ के दोनों हाथ भर गए थे, फिर भी भिक्षा देनेवालों का भिक्षा देने से मन नहीं भर रहा था। उन्होंने सिद्धार्थ के चरणों के आगे हीरे-मोती, सोना-चाँदी, फल-फूल, दाल-चावल की ढेरियाँ लगा दीं। मना किए जाने पर भी वे नहीं मान रहे थे।

राजा-प्रजा, छोटे-बड़े सबके मन की साध पूरी करने के लिए सिद्धार्थ ने उस दिन नगरी के द्वार-द्वार, पथ-पथ पर घूम-घूमकर भिक्षा ग्रहण की। ऐसी भिक्षा न कभी किसी ने पहले ली थी और न किसी ने दी ही थी। सिद्धार्थ द्वारा स्पर्श किए हुए हीरे-मोती, सोना-चाँदी, गहने-कपड़े बड़ी मात्रा में राजपुरी के रास्तों पर पड़े हुए थे। इतना ऐश्वर्य कभी किसी राजा ने भी अपनी आँखों से नहीं देखा होगा। उसमें से सिद्धार्थ ने अपने लिए एक मुट्ठी सूखा अन्न ले लिया और बाकी सब दीन-दुखियों में बाँटकर चलते बने।

ग्वालीपाड़ा में उदरक पंडित की पाठशाला थी। उसमें उनके सात सौ शिष्य

पढ़ते थे। सिद्धार्थ वहाँ पहुँचे। उदरक पंडित से शास्त्र पढ़ने लगे। उन दिनों उदरक के समान पंडित भारतभूमि में और कोई नहीं था। लोग कहते थे कि वे व्यास का मस्तिष्क और गणेश का पेट लेकर अवतरित हुए हैं। कुछ ही दिनों में सिद्धार्थ समस्त शास्त्रों के पंडित हो गए। कोई और धर्म, कोई और शास्त्र उनके लिए जानना बाकी न रहा। अंत में एक दिन उन्होंने गुरुजी से पूछा, "दुःख से निस्तार कैसे हो सकता है?"

उदरक ने उत्तर दिया, "आओ, हम दोनों मिलकर एक बहुत बड़ा विद्यालय खोलें और चारों ओर उसका प्रचार करें, जिससे देश-विदेश से छात्र यहाँ आकर पढ़ें और फिर हम लोगों के दिन सुख-शांति से कटें। यही पेट दुःखों का मूल है। इसे शांत रखो, फिर तुम्हारे निकट दुःख नाम को भी नहीं फटकेगा।"

फिर उदरक शास्त्री को दूर से ही नमस्कार कर और उनके विद्यालय को विदा देकर सिद्धार्थ वहाँ से चल पड़े। गाँव के पथ पर उन्होंने उदरक के सात सौ शिष्यों को अपने गुरु के पेट को शांत रखने के लिए लड्डुओं की टोकरियाँ लाते हुए देखा।

सिद्धार्थ ने गाँव का पथ छोड़कर वन की राह ली। इसी वन में उन्हें कौडिन्य ऋषि मिले। इन्होंने ही एक दिन राजा की सभा में गणना करके बताया था कि सिद्धार्थ निश्चय ही संसार छोड़कर बुद्ध हो जाएँगे। कौडिन्य के साथ चार ब्राह्मण कुमार भी थे। वे सब कपिलवस्तु से सिद्धार्थ के शिष्य होने के लिए, उनकी सेवा करने के लिए संन्यासी होकर चले आए थे।

अंजना नदी के तट पर उराईल नाम का वन था। सिद्धार्थ इसी वन में यह जानने के लिए तपस्या करने लगे कि दुःखों का अंत कैसे हो। शास्त्रों के अनुसार, गुरुओं के कथनानुसार वर्षों तक सिद्धार्थ तपस्या करते रहे।

कठोर तपस्या, घोर तपस्या—सर्दी में, गरमी में, बरसात में, वे एक ही आसन पर बैठे-बैठे तपस्या करने लगे। इतनी तपस्या कभी कहीं किसी ने नहीं की थी। कठोर तपस्या से उनका शरीर सूखकर काँटा हो गया। उनके शरीर में एक बूँद भी खून नहीं रह गया। उन्हें देखकर यह कहना कठिन था कि वे जीवित हैं भी या नहीं।

सिद्धार्थ में जितनी शक्ति थी, जितना रूप था, जितना आनंद था, जितना तेज था, वह सब एक-एक करके नष्ट हो गए। उन्हें देखकर लोग कहते, "अब तो ये पहचाने भी नहीं जाते, सूखकर ठूँठ के समान हो गए हैं।"

इस तरह बहुत दिन बीत गए। नए वर्ष का वैशाख महीना आया। पेड़ों पर

नए-नए पत्ते, नए-नए फूल निकल आए। उराईल वन में जितने पक्षी थे, जितनी तितलियाँ थीं, जितने हिरन थे, जितने मोर थे, सब-के-सब किसी आनंद में विभोर हो उठे, खुलकर दौड़ने-धूपने लगे, उड़-उड़कर, गा-गाकर खेलने-कूदने लगे। सिद्धार्थ को लगा कि घने वन के भीतर कोई आदमी इकतारा बजाता हुआ गा रहा है। बहुत दिनों बाद शिष्यों को दिखाई पड़ा कि सिद्धार्थ की दोनों सूखी हुई आँखें हवा में हिलते हुए सूखे पत्तों की तरह काँप रही हैं। दिन ढल रहा था। ढलते हुए सूरज का सुनहरा प्रकाश नदी के घाट पर, वन के पथ पर, गेरुए वस्त्र की तरह फैला था। हिरनों का एक दल पानी पीने के लिए रेतीले मैदान में उतर आया।

संध्या के सम्मुख, पेड़ की छाया में एक मोर अपने पंख हवा में फैलाकर खुशी-खुशी नाचने लगा। आसन लगाकर बैठे हुए सिद्धार्थ की दृष्टि उसपर पड़ी। बहुत दिनों बाद वे पहली बार योगासन छोड़कर नदी-तट की ओर चले। शिष्यों ने देखा कि उनका शरीर बहुत अधिक दुर्बल हो गया है और उनसे चलते भी नहीं बन पड़ रहा है। नदी के तट पर आँवले का एक पेड़ था, जिसकी डालें काफी झुकी हुई थीं। सिद्धार्थ एक डाल को पकड़कर धीरे-धीरे नदी में उतरे। फिर उन्होंने कुछ आँवले तोड़े और वन की ओर चलने ही लगे थे कि अचेत होकर नदी में गिर पड़े।

शिष्य दौड़े हुए आए और उन्हें उठाकर आश्रम में ले गए। उन्होंने अनेक प्रयत्न किए, तब कहीं जाकर सिद्धार्थ स्वस्थ हुए।

कौडिन्य ने प्रश्न किया, ''प्रभु! क्या आप जान गए हैं कि दुःख का अंत कैसे होगा?''

सिद्धार्थ ने सिर हिलाते हुए उत्तर दिया, ''नहीं, अभी नहीं।''

चारों शिष्यों ने उनसे पूछा, ''प्रभु! तब एक बार और योगासन पर बैठें और यह जानने की चेष्टा करें कि दुःख का अंत है भी या नहीं।''

सिद्धार्थ चुप रहे, पर शिष्यों को उत्तर वन में रहनेवाले एक पगले ने इकतारे पर गाते हुए दिया, ''नहीं! नहीं! नहीं!!''

कौडिन्य ने पूछा, ''प्रभु! क्या जानने का कोई रास्ता नहीं है?''

सिद्धार्थ ने उत्तर दिया, ''मुझे अभी तक कोई रास्ता नहीं मिल सका, पर मेरा शरीर इससे पहले ही दुर्बल हो गया है, व्यर्थ में योगायोग के कारण नष्ट हो चला है। अब इस शरीर में फिर से बल लाना होगा, तभी उस रास्ते का पता लगाया जा सकेगा। निस्तेज मन, दुर्बल शरीर से कोई काम होना असंभव है। शरीर को सबल रखना चाहिए, मन को सतेज रखना चाहिए। न विलासी ही बनना चाहिए और न उदासीन होना चाहिए। शरीर और मन दोनों को ज्यादा आराम भी नहीं देना चाहिए,

ज्यादा कष्ट भी नहीं देना चाहिए। तभी वे सबल रहेंगे, काम में लगेंगे और रास्ते का पता लग। सकेगा। जिस तरह इकतारे का तार जोर से खींचने पर टूट जाता है, उसी तरह अधिक कष्ट से शरीर और मन दोनों टूट जाते हैं। जिस तरह तार को ढीला छोड़ देने से कोई स्वर ही नहीं निकलता, उसी तरह शरीर और मन को अधिक आराम देने से वे निकम्मे हो जाते हैं। व्यर्थ के योगायोग से शरीर और मन को निस्तेज करने से कोई लाभ नहीं, व्यर्थ के आलस्य और विलास से उन्हें निकम्मा बना देने में भी कोई लाभ नहीं। बीच के पथ से—मध्यम मार्ग से ही चलना ठीक है।''

उसी दिन से सिद्धार्थ ने भस्म लगाना छोड़ दिया, आसन-समाधि लगाना छोड़ दिया, प्राणायाम में साँस चढ़ाकर उसे शरीर में रोक लेना छोड़ दिया, जप-तप करना छोड़ दिया, धूनी रमाना छोड़ दिया और पहले की तरह गाँव-गाँव से भिक्षा माँग-माँगकर दिन बिताने लगे। अगर कोई उन्हें नए कपड़े देता तो वे उन्हें पहन लेते, कोई उन्हें अच्छी चीज खाने को देता तो वे उसे खा लेते, पर उनके शिष्यों को यह सब अच्छा नहीं लगता था। उनको तो योगी होने में ही विश्वास था, वे तो गरमियों में अपने चारों ओर आग जलाकर उसमें बैठना चाहते थे, सर्दियों में ठंडे पानी में पड़े रहना अच्छा समझते थे, कभी दोनों हाथ आकाश की ओर सीधे उठाकर या पेड़ की डाल में पैर बाँधकर सिर नीचे करके उलटे लटके रहना चाहते थे। पहले दिन एक बेर, दूसरे दिन एक बेलपत्र, तीसरे दिन एक बूँद जल, चौथे दिन कुछ भी नहीं—यदि इस प्रकार साधना न की जाए तो उन्हें विश्वास था कि और किसी प्रकार से साधना करने से कोई फल नहीं मिलता। इसीलिए एक रात में वे सिद्धार्थ को अकेला छोड़कर, काशी के ऋषिपत्तन की तरफ चल पड़े—सिद्धार्थ से भी बड़े किसी दूसरे ऋषि की खोज में।

जिस स्थान पर सिद्धार्थ को अकेला छोड़कर उनके शिष्य चले गए थे, वह स्थान बिलकुल निर्जन था। वहाँ दिन-रात घने शाल के पेड़ों के कारण अँधेरा-ही-अँधेरा बना रहता था। वहाँ कोई आदमी नहीं आता-जाता था। केवल एक-दो हिरन और दस-पाँच बिल्लियाँ सूखे पत्तों पर घूमती-फिरती रहती थीं।

इसी सुनसान और निर्जन वन से अंजना नदी के किनारे-किनारे गाँव की ओर जाने का एक सँकरा रास्ता था। नदी-तट पर एक बहुत बड़ा शाल का पेड़ था, वह कब से था, यह कोई ठीक से नहीं कह सकता। उसकी मोटी-मोटी बरोहें अजगर की तरह नदी पर लटक रही थीं। पेड़ के नीचे काले पत्थरों की एक वेदी बनी हुई थी। लोग उस पेड़ को देवता का वासस्थान मानते थे और उसकी पूजा करते थे।

भोग के लिए फल-फूल लेकर सुबह-सुबह नदी के उस पार के गाँव की युवतियाँ जब इस पार आती थीं तो उन्हें किसी-किसी दिन पेड़ के नीचे गेरुए कपड़े पहने एक आदमी दिखाई पड़ता था, जो उन्हें देखते ही अंधकार में छिप जाता था। किसी-किसी दिन वन से लकड़ी काटकर लौटते हुए लकड़हारे देखते कि पेड़ के नीचे दीया जलाकर सुनहरे वस्त्र पहने कोई देवता के समान बैठा है। सब कहते कि निश्चय ही वहाँ कोई देवता है, पर देवता को पुन्ना के सिवा और किसी ने किसी भी दिन नहीं देखा।

अपने विवाह के बाद एक दिन जब मोड़ल की लड़की सुजाता उसी पेड़ की पूजा करने के लिए जा रही थी तो उसने पुन्ना को रास्ते में पड़े हुए पाया था। तब से वह मोड़ल के घर में उसकी लड़की के समान ही पलती रही। उसकी उमर दस बरस की थी। सुजाता के कोई संतान नहीं हुई थी, इसलिए उसने उसे अपनी लड़की की तरह पाला। उसने मन्नत मानी थी कि अगर मेरे घर संतान होगी तो एक बरस तक हर रोज उस बरगद के पेड़ के नीचे घी का दीया जलाया करूँगी और नए वर्ष की पूर्णिमा के दिन बटेश्वर की पूजा किया करूँगी।

सुजाता के प्रभु ने उसकी सुनी और सोने के चाँद सा सुंदर पुत्र उसके घर जनमा। इसीलिए पुन्ना रोज शाम के समय उस बरगद के नीचे दीया जलाने आया करती थी, पर उसे कभी किसी देवता के स्पष्ट दर्शन नहीं हुए थे। कभी उसके आने से पहले ही देवता की मूर्ति विलीन हो जाती थी और कभी पेड़ के नीचे दीया रखकर जाते समय नदी पार करते हुए उसे वह मूर्ति वेदी पर बैठी हुई दिखाई पड़ती थी।

पिछली सर्दी के कई महीनों से पुन्ना उस छायामूर्ति देवता को देख रही है— यह बात उसने केवल सुजाता से ही कही थी, किसी और से नहीं। उस दिन सुजाता ने पुन्ना से देवता के लिए दो फूल आँचल में बाँधकर ले जाने के लिए कहा और यह भी कह दिया कि यदि किसी दिन तुम्हें देवता के प्रत्यक्ष दर्शन हो जाएँ तो उनसे कहना कि मेरी सुजाता माँ को, मेरे पिता को, मेरे छोटे भाई को सुखी रखना और अपने लिए तुम उनसे यह कहना कि मुझे बड़ी होने पर सुंदर वर मिले।

सुजाता नित्य ही दो फूल उस बटेश्वर पर चढ़ाने के लिए पुन्ना के हाथ भेजती। वह नहीं जानती थी, पुन्ना भी नहीं जानती थी कि सिद्धार्थ उस बटेश्वर के नीचे पत्थर की ठंडी वेदी पर आकर बैठते हैं।

फिर वर्ष का अंतिम दिन आया। दूसरे दिन नए वर्ष की पूर्णिमा थी। पुन्ना उस दिन सुबह से ही पाँच फूल और पाँच दीपक—एक-एक अपने नाम का,

एक-एक अपनी माता के नाम का, एक-एक अपने पिता के नाम का, एक-एक अपने दादा मोड़ल के नाम का और एक-एक अपने भाई के नाम का—उस बटेश्वर के नीचे रखने के लिए पूजा की थाली में सजा रही थी। शाम होने पर उस पेड़ के नीचे सुनहरा प्रकाश फैल गया था। धूप से तपे हुए रेतीले मैदान में अंजना नदी जल का निशान बनाती हुई बह रही थी। उस पार बहुत दूर तक धान के खेत थे और बीच-बीच में आम, कटहल के पेड़ तथा छोटे-छोटे गाँव दिखाई पड़ रहे थे। मिट्टी के घर, घास-फूस के छप्पर, एक पहाड़—ये सब दूर से मेघ के समान दिखाई पड़ रहे थे।

नदी के उस पार एक बड़ा सा रास्ता था, जो हरे रंग की साड़ी में से सफेद किनारे के समान सीधा चला गया था। उसी रास्ते पर छायाओं के समान युवतियाँ सिर पर घास के गट्ठर रखे हुए चली जा रही थीं। वे लाल रंग की साड़ियाँ पहने हुई थीं, उनके हाथों में चाँदी की चूड़ियाँ थीं, उनकी पीठ पर बँधी हुई झोलियों में उनके छोटे-छोटे बच्चे हाथों की मुट्ठियाँ बाँधे हुए सो रहे थे। नदी की ओर से आती हुई ठंडी हवा उनके चेहरे से टकरा रही थी। एक चील ऊँचाई से धीरे-धीरे चक्कर लगाकर एक पेड़ के घने पत्तों में जा छिपी थी।

शाम होने को आई। बालू पर पैर रखते हुए काली भैंसें चली जा रही थीं। एक भैंस की पीठ पर ग्वाले का एक लड़का हाथ में लाठी लिए हुए बैठा था। वह शाम को रोज पुन्ना को भैंस की पीठ पर चढ़ाकर मोड़ल के घर पहुँचा देता था। उस दिन भी वह उधर से आ रहा था। उसने दूर से ही पुकारा, ''आओ, पुन्ना आओ!''

उस लड़के का नाम सोयस्ति था। पुन्ना जल्दी-जल्दी पाँचों दीए जलाकर उस ओर बढ़ी, जिधर से सोयस्ति आ रहा था।

उस समय पूरब दिशा में सोने के थाल सा चतुर्दशी का चंद्रमा निकल रहा था। पुन्ना और सोयस्ति भैंस की पीठ पर बैठे हुए रेतीले मैदान से चले आ रहे थे। उन्होंने देखा कि पेड़ के नीचे वे दीए झिलमिला रहे हैं। उन दोनों ने गेरुए वस्त्रों में एक देवता को पेड़ के नीचे पत्थर की वेदी पर बैठे हुए देखा।

पुन्ना को उसके दरवाजे तक पहुँचाकर सोयस्ति चला गया। सुजाता उस समय गाय-बछड़ों को गोशाला में बाँधकर, छोटे बच्चे को सुलाकर सुबह की पूजा के लिए सामान जुटा रही थी। पुन्ना ने आकर कहा, ''माँ, सच कहती हूँ, आज मुझे देवता के स्पष्ट दर्शन हुए हैं। अगर तुम भी कल सुबह-सुबह वहाँ चलो तो तुम्हें भी देवता के दर्शन होंगे। सोयस्ति और मैं, दोनों ने उन्हें देखा है। पर माँ, मैं

उनसे कुछ माँगना तो भूल ही गई।''

सुजाता ने कहा, ''पुन्ना, अगर तुम्हें याद रहता तो तुम उनसे क्या माँगती? यही न कि सोयस्ति के साथ मेरा ब्याह हो जाए।''

पुन्ना वहाँ से भाग गई। सुजाता जब पूजा का सामान लगाकर कमरे में गई, तब तक पुन्ना अपने छोटे भाई के साथ सो गई थी।

सुजाता को रात में नींद न आई। अभी रात बाकी ही थी कि उसने पुन्ना को जगा दिया। पुन्ना ने गोशाला का दरवाजा खोला, एक दीया जलाया और गायों को दुहने लगी। भोर की ठंडी हवा में ठिठुरते हुए पशु कुछ भयभीत हो उठे। वे चंचल होकर इधर-उधर देखने लगे कि ऐसा कौन है, जो इतनी रात में ही दूध दुहने चला आया है, पर जैसे ही पुन्ना ने उन्हें थपथपाया और पुचकारा कि वे शांत हो गए।

सुजाता ने एक कोने में चूल्हा जलाया और फिर कुएँ पर स्नान करने के लिए चली गई। पुन्ना ने दुहा हुआ दूध कड़ाही में रखकर चूल्हे पर चढ़ा दिया। थोड़ी ही देर में दूध खदबद करता हुआ उबलने लगा। साफ धुले हुए कपड़े पहनकर सुजाता ने आकर पुन्ना से कहा, ''तू कुछ फूल ले आ, मैं दूध को उबाल दिलाती हूँ।''

मोड़ल के घर के पास ही बगीचा था, उसमें रंग-रंग के ढेरों फूल खिले थे। पुन्ना ने उन फूलों की एक माला गूँथी, बरगद के पत्ते पर तेल, सिंदूर रखकर पूजा की थाली सजाई और फिर सुजाता से कहने लगी, ''माँ, चलो, और देर करने से सवेरा हो जाएगा और फिर तुम देवता को नहीं देख सकोगी।''

सुजाता ने एक नए बरतन में ताजा उबाला हुआ दूध भरकर पुन्ना को दिया और उससे कहा, ''तुम इसको लेकर चलो, मैं पूजा की थाली और मनुआ को लेकर आती हूँ।''

सुजाता के लड़के का नाम मनुआ था।

भोर के अंधकार में गाँव का रास्ता कुछ-कुछ ही दिखाई पड़ रहा था। पुन्ना दूध का बरतन उठाए हुए आगे-आगे चल रही थी और पीछे-पीछे सुजाता बच्चे को बाएँ हाथ से गोदी में सँभाले हुए और दाहिने हाथ से पूजा की थाली उठाए हुए चल रही थी। पुन्ना के पैर के कड़े रुनझुन-रुनझुन बज रहे थे। पुन्ना के साथ अकेले जाने में वह कुछ-कुछ भयभीत हो रही थी।

सोयस्ति के घर के पास पहुँचने पर सुजाता ने पुन्ना से कहा, ''अरी! सोयस्ति को बुला ले न?''

लेकिन सोयस्ति को बुलाना नहीं पड़ा। वह पुन्ना के पैरों की आहट सुनकर एक हाथ में लाठी और दूसरे हाथ में दीया लेकर बाहर निकल आया।

तीनों मैदान में से होकर चले जा रहे थे। आकाश में उस समय तारे चमक रहे थे। अभी रात बाकी थी, दिन चढ़ने में अभी समय था। सुबह की हवा के कारण गाँव के ऊपर जमा हुआ रात भर का उपलों का सफेद धुआँ धीरे-धीरे चँदोवे की तरह आकाश में फैल रहा था। उल्लू, एक-दो तीतर और एक-दो सिरोहियाँ जंगल में बोल रही थीं। एक चातक सीटी बजाता हुआ सिर के ऊपर से उड़ता हुआ चला गया। चीं-चीं करता हुआ गौरैयों का झुंड कटहल के नीचे जा बैठा था।

दीया बुझाकर सोयस्ति नदी तट पर सुजाता और पुन्ना के साथ आ पहुँचा। कुछ-कुछ प्रकाश होने लगा था और उस पार के दो-एक पेड़ साफ-साफ दिखाई देने लगे थे। नदी के इस पार से ही सुजाता को बरगद के पेड़ के नीचे बैठे हुए देवता दिखाई पड़े। उनके गेरुए वस्त्र सुबह के हलके उजाले में उषा की लाली की तरह चम-चम कर रहे थे।

सुजाता और पुन्ना ने अपने-अपने मन के अनुसार देवता की पूजा की और सिद्धार्थ का आशीर्वाद प्राप्त करके चली गईं। सोयस्ति के पास देने के लिए कुछ नहीं था, इसलिए वह सारा दिन नदी के किनारे अकेला बैठा रहा और कुशा का आसन बुनता रहा, फिर उसे तैयार करके, नदी के ठंडे पानी में धोकर सिद्धार्थ को देने के लिए आया। सिद्धार्थ उस समय उस बरगद के पेड़ के नीचे नहीं थे। सोयस्ति ने वह आसन वेदी पर बिछा दिया और मन-ही-मन सिद्धार्थ को प्रणाम करके नदी के पार चला आया।

शाम के समय अंजना नदी में स्नान करके सिद्धार्थ सोयस्ति के बनाए हुए आसन पर आकर विराजमान हुए। जल से धोए हुए आसन की घास की मीठी-मीठी गंध से सिद्धार्थ को बहुत सुख मिला। पूर्णिमा की चाँदनी में सारी पृथ्वी पर फैला हुआ प्रकाश दिखाई पड़ रहा था।

पत्थर की वेदी पर बैठे हुए सिद्धार्थ ने प्रतिज्ञा की कि जब तक मैं दुःख के अंत का पता न लगा लूँगा, तब तक बुद्ध नहीं कहलाऊँगा और न ही तब तक इस आसन पर से उठूँगा, फिर भले ही यह शरीर रहे या नष्ट ही क्यों न हो जाए। उन्होंने वज्रासन लगाया और ध्यान लगाकर कहने लगे—

इहासने शूष्यतु शरीरं
त्वगस्थिमांसं प्रलयंच यातु
अप्राप्य बोधिं बहुकल्प दुर्लभाम्

और तब मार (कामदेव), जिसके भय से संसार काँपता है, जो लोगों की बुद्धि भ्रष्ट करता है, उनसे गंदी बातें कहलवाता है, बुरे काम करवाता है—उसी

मार (कामदेव) का सिंहासन हिल उठा। गुस्से से आग बबूला हुआ 'मार-मार' करता हुआ सिद्धार्थ के सामने चला आया।

चारों तरफ मार (कामदेव) का लाव-लश्कर सजग हो गया। उसने जितना पाप था, जितना दुःख था, जितनी गंदगी थी, जितना कलंक था, जितनी दुःख-व्यथा थी, जितनी धूल थी, उन सबको चारों तरफ जल, थल और आकाश में बिखेर दिया। मार (कामदेव) ने पूर्णिमा की चाँदनी पर काला परदा खींच दिया। पूर्णिमा का चाँद उस अंधकार में लाल आँख की तरह दिखाई पड़ने लगा। वह मधुर प्रकाश की जगह खून की वर्षा करने लगा, उस खून की वर्षा के छींटे जिस पर पड़ते थे, वह मर जाता था।

मार (कामदेव) एक हाथ की मुट्ठी में आकाश थामे, एक पैर से पाताल को दबाए हुए खड़ा था और सिद्धार्थ को अपना असली रूप दिखा रहा था। उसके शरीर पर मनुष्यों के खून से रँगी हुई चादर उड़ रही थी। बिजली की तलवार उसकी कमर में बँधी थी। उसके मुकुट में एक बड़ा खूनी हीरा चमक रहा था। उसके कान में मूर्च्छित करनेवाला कुंडल लटक रहा था और उसकी छाती पर सूत में पिरोई हुई अग्नि-माला धधक रही थी।

छाती फुलाकर शैतान ने सिद्धार्थ से कहा, "बुद्ध बनने के लिए तुम व्यर्थ तपस्या कर रहे हो। उत्तिष्ठ—उठो! कामेश्वरोहस्मि—मैं मार (कामदेव) हूँ। त्रिभुवन में ऐसा कोई नहीं है, जो मुझे जीत सकता हो। उत्तिष्ठ उत्तिष्ठ मह्यविषयस्थं वचं कुरुस्थ। उठो-उठो, चले जाओ, मुझे हराने की कोशिश मत करो। मेरे आज्ञाकारी बनो, तुम्हें इंद्र का वैभव प्रदान करूँगा। पृथ्वी के राजा बनकर सुख भोग करो। तपस्या से शरीर सुखाने से क्या लाभ। मुझे जीतकर बुद्ध होने की शक्ति किसी में नहीं है।"

सिद्धार्थ ने उत्तर दिया, "मैं जन्म-जन्मांतर से बुद्ध होने की चेष्टा कर रहा हूँ। मैं इस बार बुद्ध होकर ही यह आसन छोड़ूँगा, फिर यह शरीर रहे या जाए। यही मेरी प्रतिज्ञा है।"

इहासने शूष्यतु मे शरीरं
त्वगस्थिमांसं प्रलयं च जातु
अप्राप्य बोधिं बहुकल्पदुर्लभाम्
नैवासनात् कायमतश्चलिष्यते।

मार (कामदेव) ने सिद्धार्थ से तीन बार कहा, "उत्तिष्ठ—उठो। चले जाओ, तपस्या बंद करो।" और तीन ही बार बुद्ध ने भी मार (कामदेव) से कहा, "नहीं!

नहीं!! नहीं!!! नवानात् कायमतश्चलिष्यते।"

गुस्से से मार (कामदेव) की दोनों आँखें लाल हो गईं। उसने हुंकार भरते हुए आकाश को खींचा। नाखूनों से नोची-खसोटी हुई नीली साड़ी की तरह चाँद-तारों से भरा हुआ आकाश उसके तेज नाखूनों से नोचे जाने पर टुकड़े-टुकड़े हो गया। सिर के ऊपर चाँद नहीं रहा, तारे नहीं रहे, महाशून्य महा अंधकार। लगता था जैसे वह पृथ्वी को निगलने के लिए नीचे उतर रहा हो अथवा उसकी काली जीभ से लार पृथ्वी पर टपक रही हो।

मार (कामदेव) ने सिर घुमाकर देखा तो उसे विद्युत् की तरह चमकते हुए दो मोटे दाँत शून्य में कड़-कड़ करते हुए दिखाई पड़े और उसे अपना दल उसी मुख में से बाहर निकलता हुआ दिखाई पड़ा। सूरज और चाँद उसके दोनों हाथों में आग की चर्खियों के समान घूम रहे थे। दसों दिशाओं से मार का लाव-लश्कर घूमता हुआ, बवंडर की तरह घूमता हुआ, भय दिखलाता हुआ, पृथ्वी पर धूल की ध्वजा फहराता हुआ आ रहा था। वह धूमकेतुओं को घुमा-घुमाकर आग की लपटों के समान फेंक रहा था। धरती के पेड़ों को उखाड़-उखाड़कर पहाड़ों को चूर-चूर और चारों तरफ घुमा-घुमाकर फेंक रहा था। ऐसा लगता था कि पत्थरों की लगातार बरसात हो रही हो। बुद्धदेव को चारों ओर से मार (कामदेव) की सेना घेरे हुए थी और लाखों घोड़े उनके चारों ओर चक्कर लगा रहे थे। उनके खुरों की पृथ्वी पर होनेवाली रगड़ से बिजली निकली पड़ रही थी। उसके मुँह से अंजलि-अंजलि भर जलता हुआ झाग निकला पड़ रहा था—उस बोधिवट के चारों ओर, उस पत्थर की वेदी के आस-पास।

उराईल वन का प्रत्येक पेड़, प्रत्येक पत्ता, प्रत्येक फूल और यहाँ तक कि घास भी जल उठी थी। अंजना नदी का जल भी आग में पड़कर, लाल होकर घूम-घूमकर बह रहा था। मशालें जलाकर, विद्युत् की शिखा में तलवारों को तेज कर, बीजों के दल-के-दल अंधकार से बाहर झाँक-झाँककर बुद्धदेव के ऊपर उड़ रहे थे। उन्हें जलती हुई साँसों से आकाश जला जा रहा था, हवा जली जा रही थी और लगता था कि धरती जैसे दहकता हुआ अंगार बन गई हो। बवंडर आग की चिनगारियाँ छोड़ता हुआ चल रहा था और उन सबके बीच मार कामदेव ताड़ के एक पेड़ को घुमाते हुए कहता है—मारो! मारो!!

पैरों के नाखूनों से रसातल के चिरने से महामारी जाग उठी। मार (कामदेव) के बुलाने से रसातल के काजल रूपी अंधकार को कंथा के समान सारे शरीर पर लपेटे हुए महामारी उड़ती हुई, आर्तनाद करती हुई चली आ रही थी। आकाश में

घूमते हुए धूमकेतुओं के समान उस धूल-धूसरित सिर के कटे हुए बाल हवा में उड़ रहे थे। मारे शोक के सब तरफ सब लोग रो रहे थे। त्रिभुवन थर-थर काँप रहा था। महामारी के शरीर की हवा जिस तरफ जाती थी, उस तरफ के पहाड़ चूर-चूर हो जाते थे। पत्थर धूल हो गए थे, वन-उपवन जल गए थे, नदियाँ-समुद्र सूख गए थे। कहीं कुछ नहीं दिखाई पड़ रहा था। सब रेगिस्तान बन गया था। सब सो गए थे। सब मरे जा रहे थे, सब जले जा रहे थे, झुलसे जा रहे थे, सब खाक हो रहे थे, राख होकर उड़े जा रहे थे। महामारी और आर्तनाद से, मार के सिंहनाद से, मरघट में मांस के जलने से उठनेवाली गंध से जगत् हाहाकार कर रहा था।

अभी रात का एक पहर बाकी था। मार (कामदेव) और उसके साथी जलती हुई लकड़ी के समान मुँहवाले गीदड़ों की तरह, लाल-लाल आँखोंवाले चमगादड़ों की तरह मुँह से लपटें छोड़ते हुए हा-हा, हू-हू करते हुए रोते हुए घूम रहे थे। सिर के ऊपर आकाश घूम रहा था, पृथ्वी पाँवों के नीचे घर्र-घर्र करती हुई घूम रही थी। ऐसा लगता था कि ये दोनों जाँते के पाटों की तरह बुद्धदेव को पीसकर रख देंगे।

मार (कामदेव) अपने दोनों हाथों में बिजली की दो मशालें लिए हुए बुद्धदेव से कहने लगा, "भाग जाओ, भाग जाओ, यहाँ से भाग जाओ, तपस्या बंद करो।"

बुद्धदेव ने उसकी ओर आँख उठाकर भी नहीं देखा, उसकी बात भी अनसुनी कर दी। मार (कामदेव) की पुत्री कामना ने अपनी दो छोटी बहनों—छला और कला—के साथ बुद्धदेव की तपस्या भंग करने के लिए, कितनी ही कोशिशें कीं। कभी वे माँ गौतमी का रूप धारण करतीं तो कभी यशोधरा का और बुद्धदेव के पास जा, हाथ जोड़कर खड़ी हो, रोते-रोते जमीन पर लोट जाती थीं। उनका मन पिघलाने के लिए वे स्वर्ग की विद्याधरी की तरह नाचती और गाती थीं, पर किसी भी तरह बुद्धदेव को भुलावा न दे पाई थीं। वे वज्रासन लगाए हुए अटल बैठे थे, उनका ध्यान भंग करना असाध्य था।

जिस मार (कामदेव) के तेज से स्वर्ग, मर्त्य और पाताल काँपते थे, जिसके पैरों के नीचे इंद्र, चंद्र, वायु, वरुण, जल, थल, आकाश थे, उसकी बुद्धदेव के आगे कुछ भी न चली। उसका अभिमान नष्ट हो गया। मार उनका बाल भी बाँका न कर सका। उस बरगद के पेड़ का एक पत्ता उस पत्थर की वेदी का एक कोना भी वह न गिरा सका। बुद्धदेव के आगे वह घड़ी भर ठहर न सका। बुद्धदेव की तरफ फिर देखने का साहस उसमें जाता रहा। उसने दोनों हाथों की मशालें बुझाईं, मैदान छोड़कर धीरे-धीरे भागने लगा—नरक के नीचे उसी काले अंधकार में। चारों दिशाएँ उसने काली कर दीं। बुद्धदेव उसी काजल के समान अंधकार में बिना

किसी डर के बैठे रहे और पहर-पर-पहर ध्यान करते रहे।

रात खत्म होने को आई, पर तब भी मार (कामदेव) के भय से धरती रह-रहकर काँप उठती थी। चाँद भी उठ नहीं पा रहा था। सवेरा भी नहीं हो रहा था। उसी समय ध्यान भंग कर, मार को जीतकर, संसार से भय को भगाकर बुद्धदेव खड़े हुए। उस दिन वे सिद्ध हो गए थे, बुद्ध हो गए थे, उन्होंने दुःख का अंत जान लिया था। दाहिने हाथ से वे पृथ्वी को अभय दान करने लगे, बाएँ हाथ से आकाश के देवताओं को आश्वासन देने लगे। उनके सुनहरे अंगों में सतरंगा प्रकाश जगमगाने लगा। उसी प्रकाश में संसारवासी जय-जय करते हुए जाग उठे। उन्हें नई प्राण-शक्ति मिली। उन्होंने नए साज सजाए।

नैरंजन नदी बुद्धदेव के चरणों को छूती हुई बह रही थी और अपने दोनों किनारों पर शांत जल के छींटे दे रही थी। काशी में गंगा नदी की खाँड़े के समान बहती हुई जलधारा तथा ऋषिपत्तन के नीचे वरुणा नदी के पहाड़ की तरह उठे हुए किनारे के नीचे की गुफाओं-कंदराओं में जटाधारी, वक, बिलार ब्रह्मचारी धूनी रमाकर, भस्म लगाकर रहते थे। टीले पर सारनाथ का मंदिर था। मंदिर के पास घने छायादार पेड़ोंवाला तपोवन था। वहीं सच्चे ऋषि तपस्वी रहते थे। उन्हें देखकर हिरन डरकर भागते नहीं थे, पक्षी देखकर उड़ते नहीं थे। वे किसी को कष्ट नहीं देते थे। दूसरों की नींद खुलने से पहले ही वे नदी पार जाकर स्नान कर आते थे। फिर वे दिन भर तपोवन छोड़कर बाहर नहीं जाते थे। देवल ऋषि नालक के साथ इसी तपोवन में बरगद के एक पेड़ के नीचे महीनों से ठहरे हुए थे।

आषाढ़ का महीना था। ऐसा लगता था कि दिन बीतना ही नहीं चाहता था। धूप पड़कर भी पड़ना नहीं चाहती थी। सारनाथ के मंदिर में संध्या के समय शंख-घंटे बज रहे थे। उस समय भी सुनहरी धूप पेड़ों की चोटियों पर चमक रही थी। हिरन चरते हुए धीरे-धीरे घूम रहे थे। छोटे-छोटे पक्षी यहाँ-वहाँ, जहाँ-कहीं धूप में खेल रहे थे। अकेला बैठा हुआ नालक वर्षा ऋतु की भरी हुई नदी को चुपचाप देख रहा था। सफेद बगुला उनकी आँखों के सामने कभी नदी के इस पार और कभी उस पार आ-जा रहा था। शायद वह निश्चय नहीं कर पा रहा था कि मुझे किस पार रहना चाहिए।

उसके गाँव के पास, वर्धन वन के पास बहनेवाली बरसाती नदी सारा दिन उसका ध्यान अपनी ओर खींचती रही। इमली के पेड़ के नीचे बने हुए मिट्टी के घर में बैठी अपनी माता की ओर उसका ध्यान सारा दिन खिंचता रहा। उसका मन अपनी माँ के पास भी जाने के लिए कर रहा था और वह ऋषि को अकेला भी नहीं

छोड़ना चाह रहा था। किसी बगुले के समान कभी जाता था और कभी आता था।

देवल ऋषि ने नालक को अपनी माँ के पास जाने के लिए छुट्टी दे दी। उसी समय नालक ने ऋषियों के मुख से सुना कि बुद्धदेव इसी ऋषिपत्तन में आ रहे हैं। वह कितने ही दिनों से घर छोड़कर आया हुआ था। उसने कितने ही दिनों से अपनी माँ को देखा नहीं था। पर बुद्धदेव को देखने की साध भी वह छोड़ नहीं पा रहा था। वह नदी के किनारे बैठा हुआ सोचने लगा—जाऊँ या न जाऊँ? उस दिन कितनी ही नावें दूर-दूर देशों से लोगों को लेकर आईं और ले गईं। कितने ही माझियों ने उससे पूछा कि चलोगे।

शाम हुई। इतने में उसे बहुत दूर से एक छोटी सी नाव पाल खोले हुए अपनी ओर आती दिखाई पड़ी। उसकी रोशनी दिखाई पड़ रही थी, मानो नदी की धारा में एक छोटा सा दीया टिमटिमाता हुआ चला आ रहा हो। इसके बाद कोई और नाव नहीं आनेवाली थी। नालक मन-ही-मन देवल ऋषि को प्रणाम कर कहने लगा, 'प्रभु! मुझे बुद्धदेव के दर्शन मिलें।'

देखते-ही-देखते तपोवन के घाट पर वह नाव आ लगी। उसी छोटी सी नाव पर बैठकर नालक अपनी माँ से मिलने के लिए अपने देश की ओर चल पड़ा। उसे अपनी माँ को देखे हुए कितने ही वर्ष हो गए थे।

ठीक उसी समय वरुणा के खेवा घाट को पार कर बुद्धदेव सारनाथ के तपोवन में आ गए।

नालक और एक दिन यदि रुक गया होता तो···

कितने ही देश-विदेशों में होती हुई, कितने ही नदी-नालों के किनारे लगती हुई नालक की नाव चली जा रही थी। यात्रियों का जिस-जिस गाँव में घर होता था, उन्हें उस-उस गाँव में वह उतारती चलती थी। जैसे-जैसे पहलेवाले यात्री नाव से उतरते चलते थे, वैसे-वैसे नए लोग उसपर चढ़ते चलते थे। कभी नालक की नाव सुबह की हवा में तीर की तरह पानी काटती हुई चलती तो कभी तारों की छाया में काले जल पर प्रकाश की रेखा छोड़ती हुई धीरे-धीरे ऐसे आगे बढ़ती, जैसे वह चल ही न रही हो। दिन-पर-दिन वर्षा से नदी का जल ऊपर उठता जाता। आगे सिर्फ नदी का ऊँचा किनारा ही दिखाई पड़ता, उनके ऊपर खेत थे, उनके उधर गाँव के घर और पेड़ थे और उनसे भी दूर मंदिर दिखाई पड़ रहे थे। नदी का पानी बढ़ता गया और बालू के सब टीले उसमें डूब गए।

नाव ने जब नालक को उसके गाँव के घाट पर उतारा तो उस समय सावन का महीना था। मूसलधार पानी बरस रहा था। नदी के किनारे के बाँस के थालों के

पास तक पानी पहुँच गया था। नदी के थपेड़ों की आवाज आ रही थी। नदी के नए पानी, बरसात के नए पानी से थाले, बिल, खाइयाँ, गड्ढे सब डूब गए थे। नालक घाट पर खड़ा था। उसी समय बहता हुआ एक फूल—किसी के हाथ से छूटा हुआ एक फूल—घाट के किनारे पर आ लगा। नदी की लहरें उसे एक बार किनारे की तरफ ठेल देतीं और फिर बीच धारा में ले जातीं। नालक ने जल में आगे बढ़कर उस फूल को पकड़ लिया और मन-ही-मन बुद्धदेव को प्रणाम करते हुए फूल को पुनः नदी में बहा दिया, फिर वह स्वयं बरसात में भीगता हुआ अपने घर की ओर चल पड़ा। उसी फूल की तरह नालक भी—उसे ठीक से याद नहीं कि कितने दिन पहले—ऋषि के साथ घर छोड़कर, माँ को छोड़कर, संसार से दूर चला गया था, फिर इतने दिनों बाद उसी फूल की तरह बहते-बहते अपने गाँव के घाट पर, अपनी माँ की गोद में चला आया।

अब वह दिन कब आएगा, जब बुद्धदेव इसी घाट पर आकर रुकेंगे, फूल की तरह नालक को उठाएँगे और फिर आनंद की गंगा में बहा ले चलेंगे।

नालक को अपना घर दिखाई पड़ रहा था। उसकी माँ दरवाजे के पास बैठी हुई थी और आँगन में एक भिखारी खड़े-खड़े गा रहा था।

भिखारी! तूने कैसे रंग दिखाए!

□

यात्रा वृत्तांत

विषय सूची

उत्तराखंड की ओर

अपनी गिनती न घुमक्कड़ों में है, न सैलानियों में और न पर्वतारोहियों में ही। ठेठ बनारसियों की तरह बहरी अलंग का शौकीन भर अपने को कह सकता हूँ। बहरी अलंग की ललक ही मुझे उत्तराखंड की ओर ले उड़ी, यही मान लूँ तो अच्छा है। वैसे बाबा विश्वनाथ की नगरी का यात्रा-भीरु वासी काशी छोड़ने का जल्दी साहस भला कर ही कैसे सकता है!

अप्रैल के मध्य में मेरठ के मीनाक्षी प्रकाशन के स्वामी भाई चंद्रप्रकाशजी का पत्र मिला, जिसमें मई के प्रथम सप्ताह में कार द्वारा उत्तराखंड की यात्रा का हम दोनों पति-पत्नी के लिए निमंत्रण था। यात्रा का लोभ इसलिए भी सँवरण न कर सका कि उन बदरीनाथजी के दर्शन का सौभाग्य प्राप्त हो रहा था, जिनकें अनुकरण पर मेरा नामकरण है। हुआ यों कि मेरी पितामही बदरीनाथ की यात्रा करके जिस समय (सन् 1932 में) लौटी थीं, मैं जन्म ले चुका था और मुझे अपने इष्टदेव के नाम से संबोधित करने में ही उन्हें संभवतः आत्मसंतोष मिला होगा।

मैंने स्वीकृति भेज दी और साथ ही यह भी लिख दिया कि हम दोनों 7 मई को मेरठ पहुँच जाएँगे। दूसरा पत्र मैंने बदरी-केदार मंदिर समिति के ऋषिकेश स्थित कार्यालय को लिखा और उनसे यात्रा को सुगम तथा उपयोगी बनाने के लिए सुझाव माँगे। उन्होंने उत्तर दिया कि अपने साथ गरम कपड़े लेते आएँ, और सब चीजों की व्यवस्था यहाँ हो जाएगी।

संपूर्ण उत्तर भारत में अप्रैल के अंतिम सप्ताह में जो वर्षा आरंभ हुई, उसने थमने का नाम ही न लिया। यात्रा का विचार हमें सशंकित करने लगा। मेरठ के लिए गाड़ी में सीटें कुछ दिन पहले ही आरक्षित करा ली गई थीं। वर्षा हमें पस्त हिम्मत न कर सकी। हम लोग 7 मई, 1982 को भीगते-भागते सायंकाल मेरठ पहुँचे। बोरिया-बिस्तर बाँधे भाई चंद्रप्रकाशजी सुबह से ही हमारी प्रतीक्षा कर रहे थे। मेरठ में ही उसी रात्रि को दूरदर्शन तथा आकाशवाणी से बदरीनाथ में भारी

हिमपात तथा मार्ग अवरुद्ध होने की सूचना मिली। मेरठ में उस समय भी वर्षा हो रही थी। अनिश्चय का भूत हमें डगमगाने के लिए निश्चय ही सक्रिय था।

8 मई की सुबह। हलकी धूप के दर्शन हुए। उत्साह फिर जगा। निश्चय हुआ कि हरिद्वार चलते हैं, आगे की आगे देखी जाएगी। 9 बजते-बजते हम लोग कार की छत पर बिस्तर और डिग्गी में अटैचियाँ रखकर हरिद्वार की ओर चल पड़े। छह नग और छह ही सवारियाँ। नगों में तीन बिस्तर और तीन अटैचियाँ तथा सवारियों में चंद्रप्रकाशजी और उनकी पत्नी, मैं और मेरी पत्नी तथा चंद्रप्रकाशजी के दो पुत्र चि. हिमांशु शेखर (7) और प्रभात शेखर (5)।

125 किलोमीटर की यात्रा तीन घंटे में पूरी कर दोपहर होते-होते हम लोग हरिद्वार जा पहुँचे। मार्ग में दो प्रमुख नगर पड़े—मुजफ्फरनगर और रुड़की। काशीवासियों के लिए मुजफ्फरनगर भी अब तीर्थ बन चुका है; क्योंकि काशी की ही विभूति आचार्य पं. सीताराम चतुर्वेदी वहीं धूनी रमाने लगे हैं। वे उस दिन वहाँ नहीं थे। इसलिए हमें उनके दर्शन प्राप्त न हो सके। रुड़की के पास गंगा नहर एक जगह एक नदी के ऊपर से निकलती है तो कुछ ही दूरी पर दूसरी नदी के नीचे से। ये दोनों ही स्थल मनोरम हैं।

हरिद्वार पहुँचने पर हम लोग सीधे हर की पैड़ी पर गए। भगवती गंगा के दर्शन किए। पुल और प्लेटफॉर्म का दृश्य अत्यंत सुहावना था। ग्रीष्मकालीन यात्रियों के कारण दोपहर के समय भी वहाँ चहल-पहल थी। सैकड़ों व्यक्ति वहाँ स्नान तथा जल-क्रीड़ाएँ कर रहे थे। पानी बर्फ सा ठंडा था, बहाव तेज था, जल में खड़े होने पर पाँव टिकते नहीं थे। गंगा-स्नान और जल-केलि का जो आनंद हरिद्वार में है, वैसा संभवत: कहीं नहीं और ऊपर तो जल टखने भर रहता ही है, पत्थरों की भी भरमार रहती है। वहाँ नाम को और लोटे से ही नहाना होता है। नीचे मैदानी इलाकों में गंगा की धारा में हरिद्वार जैसी न तरावट ही होती है, न ताजगी और न तेजी ही। यहाँ धर्म-स्नान तो होता है, परंतु दिव्य-स्नान नहीं। दिव्य-स्नान तो हर की पैड़ी का ही है।

आधा-पौन घंटा हम लोग वहाँ रुके, फिर ऋषिकेश की ओर चल पड़े। निश्चय हुआ कि वहीं चलकर भोजन भी किया जाएगा और मंदिर कमेटी के अधिकारियों से उचित अनुदेश भी प्राप्त किए जाएँगे। हरिद्वार से ऋषिकेश की 24 किलोमीटर की दूरी झटपट तय हो गई और हमारी कार देहरादून रोड पर मंदिर कमेटी के कार्यालय के सामने जा खड़ी हुई।

कार्यालय के अधिकारी पं. खिमानंद पैन्युली सज्जन प्रकृति के हैं। उन्होंने

हम से अत्यंत नम्रतापूर्वक कहा कि पहले भोजनादि से निवृत्त हो लीजिए, फिर बैठकर बातें होंगी। उन्होंने यह भी कहा कि अच्छा यही हो कि आज आप लोग ऋषिकेश में ही रुकें। फिर उन्होंने अपने सहायक को हमारे साथ कर दिया और उसने दस कदम पर स्थित मनभरी धर्मशाला में एक बड़ा हॉल-कमरा दिला दिया।

धर्मशाला साफ-सुथरी थी। कमरा भी हवादार था। साथ ही बिजली-पंखे का भी उत्तम प्रबंध था तथा अन्य सुविधाएँ भी ठीक ही थीं। गाड़ी से सामान उस कमरे में रखवाया गया। धर्मशालावालों ने कमरे का किराया नहीं लिया; हाँ, बत्ती-बिजली तथा खाटों का नाममात्र का किराया अवश्य लिया। आस-पास वहाँ कई भोजनालय हैं। एक भोजनालय में हम लोग गए। सादा भोजन किया और यहीं हम लोगों ने यह भी निश्चय किया कि यात्रा-काल में न तो मिर्च-मसालेवाले कोई व्यंजन लेंगे, न दाल में छौंका लगवाएँगे, गरम-गरम चपाती खाएँगे और पानी भी गुनगुना पिएँगे। अपने यात्रा-काल में हम लोगों ने इस आचार-संहिता का पालन ईमानदारी से किया; फलतः उस बीच किसी को भी कोई कष्ट नहीं हुआ। अंट-शंट खाने से पेट और गला तो खराब होते ही हैं, यात्रा का आनंद उठाने से भी यात्री रह जाता है। ऊपर से वह अपने साथियों के लिए मुसीबत बनता है।

भोजन से निवृत्त होकर हम लोग मंदिर कमेटी के कार्यालय में पुनः गए। चंद्रप्रकाशजी ने बतलाया कि हमारे ड्राइवर को मेरठ लौटना आवश्यक है। इसलिए अच्छा हो कि कार को उसी के साथ वापस भेज दिया जाए, हम लोग टैक्सी कर लें। श्री पैन्युलीजी ने बताया कि टैक्सी ही हम लोगों के लिए अच्छी रहेगी, मैदानी ड्राइवरों के लिए घुमावदार तथा ऊबड़-खाबड़ सँकरे पहाड़ी रास्तों पर गाड़ी चलाना खतरे से खाली नहीं। तुरंत उन्होंने टेलीफोन करके हमारे लिए एक अच्छी गाड़ी तथा एक अच्छे ड्राइवर की व्यवस्था करा दी। सामान्यतया टैक्सी में पाँच यात्री बैठते हैं और किराया तीन तथा साढ़े तीन हजार के बीच होता है। हम छह लोग थे। इसलिए किराया 3750/- निश्चित हुआ। 2000 रुपए हमने उसी समय अग्रिम दे दिए और साथ ही यह कह दिया कि गाड़ी बिलकुल सही हालत में तथा टायर नए होने चाहिए। गाड़ी ठीक आठ बजे मनभरी धर्मशाला पर पहुँच जाए। पैन्युलीजी ने बताया कि उत्तराखंड के चारों धामों का क्रम होगा—यमुनोत्तरी, गंगोत्तरी, केदारनाथ और अंत में बदरीनाथ। उन्होंने कहा कि गरम कपड़े तो लाए ही होंगे; बरसात के दिन हैं, छाता या बरसाती भी रख लें और बरसाती जूते भी ले लें। मार्ग में हमारा पड़ाव कहाँ-कहाँ होगा—इस संबंध में भी उन्होंने निर्देश दिए। उन्होंने यह भी बतलाया कि सीजन अभी आरंभ ही हुआ है, भीड़-भाड़ नहीं के समान है, रहने-

टिकने की कोई असुविधा नहीं होनी चाहिए।

पैन्युलीजी ने हमें यह भी बतलाया कि इस यात्रा में 11-12 दिन का समय लगेगा। इससे अधिक समय लगने पर टैक्सीवाला प्रतिदिन 125 रुपए के हिसाब से अतिरिक्त ठहराव भाड़ा वसूल करेगा। इस संकेत ने बड़ा काम किया। हम लोगों ने जो सजगता तथा स्फूर्ति अतिरिक्त ठहराव भाड़े से बचने के लिए दिखाई, वह भी अद्‌भुत रही। हम लोग पूरी यात्रा जब दस दिन में समाप्त करके लौटे तो जल्दी किसी को विश्वास ही न हुआ कि हम लोग चारों धाम कर आए हैं। स्वयं पैन्युलीजी ने भी आश्चर्य प्रकट किया और अपने बीस वर्षों के कार्यकाल की इसे अद्‌भुत घटना बताया।

पैन्युलीजी तथा उनके अधिकारियों को धन्यवाद देकर हम लोग कार्यालय से बाहर निकले। वहाँ से हम लोग मुनि की रेती गए, फिर नौका से उस पार जाकर स्वर्ग आश्रम, गीता-भवन, परमार्थ-निकेतन, लक्ष्मण झूला आदि स्थानों का पैदल चक्कर लगाया। ये सभी दर्शनीय स्थल हैं और इनका कुछ निराला आकर्षण है। कुछ देर तक गंगातट पर भी बैठे और चारों ओर के नयनाभिराम दृश्य देखते रहे। बिजली की बत्तियाँ जलने के बाद हम लोग वहाँ से उठे। रास्ते में भोजन करके हम लोग धर्मशाला में रात्रि 9 बजे पहुँचे और उत्तराखंड तथा पर्वतराज हिमालय का गुणकथन करते हुए निद्रा की गोद में विश्राम प्राप्त करने लगे।

'उत्तराखंड' 'उत्तर' और 'आखंड' इन दो पदों से बना समस्त पद है, जिसका आशय है—संपूर्ण उत्तर। परंतु अब इसका प्रयोग सीमित अर्थ में ऋषिकेश से उत्तर में स्थित भूभाग के लिए ही होता है।

□

जय यमुनोत्तरी : पहला धाम

9 मई की सुबह। नहाने-धोने के बाद भाभीजी (श्रीमती चंद्रप्रकाश) द्वारा मेरठ से लाए हुए बेसन के लड्डुओं तथा मठरियों का चकाचक नाश्ता हुआ। इतने में टैक्सी भी आ गई। प्रथम अवलोकन पर ही उसके दो टायर काफी घिसे हुए लगे। हम लोगों ने उन्हें बदलने के लिए कहा। आधा घंटा टायर बदलने में लग गया। ड्राइवर तिरपाल भी भूल आया था। आकाश मेघाच्छन्न था ही, बूँदाबाँदी भी होने लगी थी। बिना तिरपाल के हमारे बिस्तर भीग जाते। इसलिए हमने ड्राइवर को तिरपाल लाने के लिए वापस भेज दिया।

ड्राइवर के लौटने पर बिस्तरों पर तिरपाल बाँधने के उपरांत हम लोग 'जय यमुनोत्तरी' बोलकर आगे चल पड़े। हमें विदा देने स्वयं पैन्युलीजी आए थे। उनकी सज्जनता और अनुग्रहशीलता प्रशंसनीय थी। उन्हें लौटने पर मिलने का आश्वासन देकर हम लोग आगे बढ़ चले।

ऋषिकेश से यमुनोत्तरी 222 किलोमीटर है। पैन्युलीजी के कार्यक्रम के अनुसार आज रात हमें हनुमानचट्टी में डेरा डालना है। गाड़ी का रास्ता हनुमानचट्टी तक ही है, जो ऋषिकेश से 209 किलोमीटर है। आगे का 13 किलोमीटर का रास्ता पैदल चलना होगा।

ऋषिकेश से दो किलोमीटर आगे बढ़ने पर मुनि की रेती के पास सड़क दो हिस्सों में बँट जाती है। एक हिस्सा बदरी-केदार चला जाता है और दूसरा यमुनोत्तरी-गंगोत्तरी। हमारी टैक्सी ने दूसरा रास्ता पकड़ा। बूँदाबाँदी रुक चुकी थी तथा धूप के दर्शन होने लगे थे। रामसिंह (ड्राइवर) ने संकेत किया कि सामने जो बड़ा सा पहाड़ दिखाई दे रहा है, हमें इस पर चढ़ना है। इसकी चोटी पर एक नगर बसा हुआ है, जिसका नाम है नरेंद्र नगर। प्रतिवर्ष बसंत-पंचमी के दिन यहीं से घोषणा होती है कि श्री बदरीनाथ मंदिर के पट किस तारीख को खुलेंगे। इसका निर्माण टेहरी के भूतपूर्व महाराज नरेंद्र शाह ने 1924 में कराया था।

नरेंद्र नगर लगता तो पास ही था, पर उस तक पहुँचने के लिए हमारी टैक्सी को पहाड़ के कई चक्कर लगाने पड़े और साथ ही 16 किलोमीटर का रास्ता भी तय करना पड़ा।

पहाड़ों को काट-काटकर बनाई हुई यह छोटी सी, किंतु बहुत खूबसूरत नगरी है, जिसकी गिनती भारत के प्रसिद्ध आरोग्य स्थलों में होती है। इसकी समुद्रतल से ऊँचाई 1067 मीटर है, जबकि ऋषिकेश की ऊँचाई 340 मीटर ही है।

छांबा में जाकर हमारी टैक्सी रुकी। यह स्थान ऋषिकेश से 62 किलोमीटर दूर है तथा समुद्रतल से 1524 मीटर ऊँचाई पर। यहाँ एक रास्ता मसूरी से आकर भी मिलता है। मसूरी यहाँ से 55 किलोमीटर दूरी पर है। रास्ते भर पहाड़ों की ढालों पर बने सीढ़ीनुमा छोटे-छोटे खेतों में उगी गेहूँ की हरी-भरी बालियाँ लहलहा रही थीं। उत्तर प्रदेश के पूर्वी हिस्सों में तो अप्रैल में ही गेहूँ कटना आरंभ हो जाता है, परंतु इधर अधिक ठंड के कारण गेहूँ मई-जून में जाकर पकता है। पहाड़ों के शिखरों तथा बीच-बीच में बने इक्के-दुक्के मकान रास्ते भर दिखाई देते हैं। छांबा में हम लोगों ने एक भोजनालय में भोजन किया। छोटे से इस नगर में हमें शाकाहारी भोजनालय बड़ी मुश्किल से मिला।

बाहर धूप तेज थी, परंतु भोजनालय के उस कमरे में हमें ठंड लग रही थी।

हमारा अगला पड़ाव था ब्रह्मखाल, जो छांबा से 73 किलोमीटर दूर है। मार्ग में दो प्रसिद्ध नगर—टेहरी और धरासू आते हैं; परंतु यमुनोत्तरी जानेवाली गाड़ियाँ इन नगरों में प्रवेश नहीं करतीं, इनके पास से ही निकल जाती हैं। गढ़वाल जिले का सबसे सुंदर नगर टेहरी ही है। यहाँ शाह नरेशों के भव्य प्रासाद हैं। धरासू के पास एक बहुत ही सुंदर घाटी है, जो अब सैनिक छावनी बन चुकी है। इतनी सुंदर और बड़ी घाटी इस मार्ग में कोई दूसरी नहीं। हमारी गाड़ी कुछ देर के लिए समतल भूमि पर पहली बार सीधी भागती हुई नजर आई, अभी तक बराबर मोड़ ही लेती रही और रह-रहकर करवटें ही बदलती रही। उक्त घाटी जैसे ही पार हुई, फिर वही क्रम चालू। फिर ब्रह्मखाल आया। कसबा छोटा सा है, परंतु सड़क राजमार्ग जैसी। यहाँ हम लोगों ने चाय पी। दस-बारह बरस की एक बालिका छाता लगाए सामने वाली पट्टी पर जूतों की मरम्मत कर रही थी। मैंने पहली बार किसी लड़की को जूते गाँठते देखा था। मेरी पत्नी ने उससे चप्पल में तीन-चार टाँके लगवाए। काम में सफाई थी। मजदूरी उसने अठन्नी ली। कार्य और स्थान की दृष्टि से मजदूरी अधिक नहीं थी।

ब्रह्मखाल समुद्रतल से 1158 मीटर की ऊँचाई पर है। इस प्रकार छांबा से हम

लोग 400 मीटर नीचे आए थे। अब तक हम 135 किलोमीटर की यात्रा कर चुके थे और हमें गाड़ी में बैठे-बैठे पूरे छह घंटे हो गए थे। ब्रह्मखाल की मस्त हवा से हम निश्चय ही तरोताजा हुए। आज रात को जिस हनुमानचट्टी में हम लोगों के रुकने का कार्यक्रम है, वह अभी यहाँ से 74 किलोमीटर आगे थी। चट्टी से अभिप्राय पड़ाव का ही समझना चाहिए। ब्रह्मखाल से 40 किलोमीटर आगे जब हम बरकोट पहुँचे, तब हमें यमुना के प्रथम दर्शन हुए। रामसिंह ने बताया कि अब हमारी गाड़ी इस नदी के साथ-साथ ही चलेगी। यमुना पाँच-सात फुट चौड़े नाले जैसी थी। धारा में सैकड़ों छोटे-बड़े पत्थर दिखाई दे रहे थे। तीव्र प्रवाह और पत्थरों के टकराव के कारण यमुना घोर निनाद कर रही थी। ऊँचे-ऊँचे पर्वतों की चरण तली में बहती यमुना के तट पर जहाँ कहीं गुंजाइश निकली, लोगों ने छोटे-छोटे घर और खेत बनाने में कसर नहीं छोड़ी। कहीं दो कहीं चार मकान दिखाई दे जाते थे। कहीं-कहीं राह चलते पहाड़ी पुरुष तथा घास या लकड़ी का गट्ठर उठाए पहाड़ी स्त्रियाँ मिल जाती थीं। कहीं-कहीं ऊँचाई से यमुना के गिरते जल से आटा-चक्कियाँ भी चलाई जा रही थीं।

नीचे यमुना है और उससे ऊपर कभी पाँच फुट पर, कभी पचास फुट पर और कभी उससे भी ऊपर हमारी टैक्सी भागी चली जा रही थी। जब हमारी गाड़ी एक स्थान पर पानी लेने के लिए रुकी तो वहाँ हमें दो गौरवर्ण पहाड़ी बालक मिले। मैंने उनसे पूछा कि कहाँ रहते हो।

उन्होंने कहा—बनारस में।

सहसा मेरे मुँह से निकला कि बनारस में तो हम भी रहते हैं। उनके गोल-मटोल मुखड़ों पर मेरे कथन के प्रति जैसे अविश्वास झलक आया हो। उनका बनारस गाँव सामने नीचे घाटी में यमुना की धारा से चार-पाँच हाथ ऊपर है। कोई छह-सात घर होंगे। नगरनाम का नाता निभाने की इच्छा तो हुई, परंतु इसके लिए नीचे घाटी में जाने में काफी समय लग जाता। अभी हमें 30-35 किलोमीटर और आगे जाना था, जिस पर बादल भी घिर आए थे, हवा भी तेज चलने लगी थी। ड्राइवर ने हमें बैठने के लिए कहा और हमारी गाड़ी फिर चल पड़ी। वर्षा भी शुरू हो गई। ठंड इतनी थी कि हम लोगों ने स्वेटर निकालकर पहन लिए।

अभी हम लोग हनुमानचट्टी से 22 किलोमीटर इधर ही थे कि ड्राइवर ने कार रोक दी। रास्ता बंद था। सड़क पर पहाड़ गिरा हुआ था। हम किंकर्तव्यविमूढ़ से हो गए। यही सोच रहे थे कि पीछे किसी गाँव में चलकर रात काटें। इसी बीच एक बस ऋषिकेश से आ गई। यह सुबह छह बजे ऋषिकेश से चली थी और

संभवत: ब्रह्मखाल में इसे हमने पीछे छोड़ा था। बस ड्राइवर ने उस मलबे का निरीक्षण किया, कुछ पत्थर हाथ से हटाए-बढ़ाए। फिर वह बस को लेकर मलबे के ढेर के ऊपर से चला। बस का उस समय का नाच निश्चय ही रोमांचकारी था। फिर हमारे ड्राइवर ने भी हिम्मत बाँधी और उस बस द्वारा बनाए हुए रास्ते पर से वह भी गाड़ी ले चला। क्षण भर के लिए हमें एक साथ आकाश-पाताल के दर्शन अवश्य हुए। उस होश उड़ा देनेवाली उथल-पुथल में हम लोग किसी तरह अपने को सँभाले रहे तथा यमुनोत्तरी मैया का जयघोष करते हुए उस मलबा-पहाड़ से पार हुए। फिर घंटों हमारे मुँह से 'राम-राम' ही निकलता रह गया। वर्षा जोरों से हो रही थी।

गाड़ी सयाना चट्टी पहुँची। यह अत्यंत मनोरम घाटी है। लगता था कि जैसे शांति की वर्षा हो रही हो। वहाँ एक बँगला और दो दुकानें दिखाई पड़ीं। हमारे ड्राइवर ने कहा कि रात बिताने के लिए यह स्थान हनुमानचट्टी से अधिक सुविधापूर्ण है। अच्छा हो कि यहीं रात को ठहरा जाए। अँधेरा हो ही चला था। वर्षा भी निरंतर हो रही थी, इसलिए हम लोगों ने सयाना चट्टी में ही रुकने का निश्चय किया।

वह बँगला गढ़वाल विकास निगम का रेस्ट-हाऊस था। बड़े-बड़े आठ कमरे थे। कुछ कमरों में दो-दो और कुछ में तीन-तीन खाटें बिछी थीं। साफ-सुथरे बिछौने लगे थे और उन पर नए-नए कंबल ओढ़ने के लिए रखे हुए थे। बीस-बीस रुपए पर दो कमरे हम लोगों ने लिए। फिर रात को वहीं रह गए। बगल की कैंटीन उसी दिन चालू हुई थी। उसके पहले ग्राहक हमीं थे। मसूर की दाल और फुलका मिला। भूख लगी थी, छककर खाया। वहाँ अभी बिजली की व्यवस्था नहीं हुई थी। उन कृपालु अधिकारियों ने हमें दो टिमटिमाती लालटेनें दे दी थीं। उनसे हमारा काम अच्छी तरह चल गया। चारपाइयों पर लेटते समय हमें यह ध्यान आया कि हम इस समय समुद्रतल से दो हजार मीटर की ऊँचाई पर संभवत: इंद्रपुरी के कहीं आस-पास डेरा डाले हुए हैं।

उस समय भी बूँदाबाँदी हो रही थी।

10 मई। सुबह पाँच बजे आप-से-आप नींद खुल गई। हम सभी प्रसन्न तथा उत्फुल्ल थे। नहाने-निपटने की उत्तम व्यवस्था थी। नल के ठंडे पानी से नहाकर हम लोग खिल से उठे। कैंटीन से चाय पीकर हम लोग हनुमानचट्टी चलने के लिए छह बजते-बजते तैयार हो गए। दो अटैचियाँ तथा तीनों बिस्तर हमने वहीं सामानघर में जमा करवा दिए और एक अटैची में एक-एक जोड़ा कपड़ा रखकर साथ ले चले। ठंडक मजे की थी। हम लोगों ने दो-दो स्वेटर पहने, मोजे तथा

कैनवस के जूते कसे तथा हाथों में छाते ले लिये। हम लोग टैक्सी में जा बैठे और गाड़ी धीरे-धीरे चलने लगी। बूँदाबाँदी हो रही थी, संभवतः रात भर पानी बरसता ही रहा था। हम लोग कुछ ही मिनट बाद इतनी ऊँचाई पर जा पहुँचे, जहाँ से सयाना चट्‌टी का टूरिस्ट बँगला नन्हा सा खिलौना लग रहा था। यहीं हमें बर्फ से ढकी पर्वत श्रेणियाँ भी दिखाई पड़ीं। 5 किलोमीटर का रास्ता हम लोगों ने बीस मिनट में तय कर लिया और हनुमानचट्‌टी जा पहुँचे। यह छोटा कसबा है। यहाँ अनेक यात्रीगृह हैं। जैसे ही हमारी गाड़ी हनुमानचट्‌टी में रुकी, बीसियों पहाड़ी सूरत-शक्ल तथा पहनावेवाले लोगों ने हमें घेर लिया। इनमें से कुछ बोझा ढोनेवाले थे, कुछ घोड़े वाले थे, कुछ कंडीवाले थे और कुछ डांडीवाले।

कंडी एक तरह की ऊँची टोकरी होती है, जिसमें सवारी को बैठाकर पीठ पर ले चलते हैं। डांडी एक तरह की पालकी होती है, जिसे चार मजदूर ढोकर ले चलते हैं। दुर्बल व्यक्ति यदि दुबला-पतला हुआ तो वह कंडी कर लेता है और यदि स्थूल हुआ तो डांडी पर चढ़ बैठता है। शौकीन मिजाज घोड़े की सवारी कर लेते हैं और श्रद्धालु पैदल चलने में ही सुख मानते हैं। हाईस्कूल की परीक्षा देकर आए हुए 16-17 वर्ष के एक युवक से हमारी बात हुई। वह हमारी अटैची 30 रुपए में उठाकर चलने के लिए तैयार हुआ। कल जिस बस ने मलबे के अंबार को पार किया था, उसके यात्री रात को यहीं हनुमानचट्‌टी में रुके थे। उसके अधिकतर यात्री पश्चिमी बंगाल के थे। वे सब भी धीरे-धीरे आगे बढ़ रहे थे। यहाँ कई धर्मशालाएँ हैं, जिनमें यात्रियों के ठहरने की उपयुक्त व्यवस्था है।

समुद्रतल से 2134 मीटर की ऊँचाई पर बसी इस चट्‌टी से लगभग आठ बजे नाश्ता करके हम लोग पैदल रवाना हुए। हमारा ड्राइवर तथा टैक्सी हनुमानचट्‌टी में रहे। चंद्रमोहन रावत हमारी अटैची उठाए आगे-आगे चल रहा था और हमारा मार्ग-दर्शन भी कर रहा था। उत्तराखंड यात्रा की हमारी यह पहली पैदल चढ़ाई थी। शुरू का रास्ता तो ऊबड़-खाबड़ था, लेकिन आगे का रास्ता ठीक था। बराबर हम समुद्रतल से ऊपर उठते चले आ रहे थे।

शेखर बंधु अपनी युवा गति से चल रहे थे, इसलिए जल्दी ही हमारी आँखों से ओझल हो गए। हम चारों कभी कहीं रुकते, कभी कहीं बैठते, कभी कमर सीधी करने लगते, कभी ऊँचे-ऊँचे पहाड़ों की विशालता और विकरालता देखते, कभी झरनों की छटा से उल्लसित होते, कभी प्रहरी से खड़े चीड़ और देवदार के पेड़ों को निहारते, कभी यमुना का कलनाद सुनने लगते और कभी अब्रंकश के बड़े-बड़े गहरे लाल रंग के फूलों को देखते ही रह जाते। बूँदाबाँदी बराबर हो रही

थी। हमारे जूते-मोजे भीग चुके थे।

आठ किलोमीटर चलकर हम लोग लगभग 12 बजे जानकी चट्टी पहुँचे। यह चट्टी समुद्रतल से 2561 मीटर ऊँची है। इस प्रकार आठ किलोमीटर चलते-चलते हम लोग 700 मीटर ऊँचे भी चढ़े थे। यहीं एक हलवाई की दुकान पर हमें शेखर बंधु बैठे मिले। लगभग एक घंटा पहले ही वे यहाँ पहुँच गए थे। उसी दुकान पर हम लोगों ने भोजन किया।

मसूर की दाल और सूखा आलू, फुलके गरम-गरम। 5 रुपए प्रति थाली उसने ठीक ही लिया, परंतु एक-एक फाँक उसने जो हमें अचार की दी थी, उसका उसने 4.50 रुपए अतिरिक्त लिया, जो हमें अवश्य अखरा।

यहाँ हमें यमुनोत्तरी के दर्शन करके लौटे अनेक यात्री मिले। उनसे पता चला कि यमुनोत्तरी में अत्यधिक ठंड है तथा बर्फ पर भी चलना पड़ता है। एक यात्री ने यह भी बताया कि कल एक औरत बर्फ पर से फिसलकर नदी में जा गिरी और फिर उसका कुछ पता न चला।

यहाँ से यमुनोत्तरी कुल पाँच ही किलोमीटर थी। उस दुकान के कर्मचारियों ने कहा कि प्रायः तीन बजे से नित्य यहाँ जोरों की वर्षा होने लगती है, इसलिए अच्छा हो कि आज आप लोग यहीं ठहर जाएँ और कल सुबह आगे की यात्रा करें। बच्चे आगे चलने के लिए मचल रहे थे, तो हमारी महिला सदस्य विश्राम चाह रही थीं। वे दोनों थक चुकी थीं। भाई चंद्रप्रकाशजी ने समाधान यह निकाला कि इन दोनों को घोड़े कर दिए जाएँ और हम लोग अपनी यात्रा जारी रखें। तीस-तीस रुपए में दो घोड़े कर लिए गए और इन दोनों को उनपर बैठा दिया गया। घोड़ों की गति अच्छी-खासी थी। बच्चे भी तीव्र गति से चलने लगे।

मैं और भाई चंद्रप्रकाशजी अपनी गति से चलने लगे। भोजनोपरांत जो लोग आराम करने के आदी होते हैं, उन लोगों को दस-पाँच मिनट अवश्य सुस्ता लेना चाहिए। उस दिन हम लोग भावावेश में भोजन करते ही निकल पड़े थे। आधा-पौन घंटे तक भाई चंद्रप्रकाशजी कसमसाते रहे। कभी रुकते, कभी बैठते, कभी फिर चलने लगते। चढ़ाई भी काफी थी। जानकी चट्टी समुद्रतल से 2576 मीटर ऊँची थी तो यमुनोत्तरी 3323 मीटर अर्थात् पाँच किलोमीटर चलना था और 747 मीटर ऊपर उठना। घने जंगलों तथा ऊँचे-ऊँचे पर्वतों में से होकर हम चले जा रहे थे। यमुना की धारा बहुत नीचे थी। दोनों बच्चे तथा हमारी दोनों महिला सदस्य बीच रास्ते एक दुकान पर आग तापते हुए मिले। वर्षा ने ठंड को बहुत अधिक बढ़ा दिया था। यहीं चूरन के सेवन से चंद्रप्रकाशजी की तबीयत कुछ हलकी हुई, फिर

आगे चल पड़े। जब आधा किलोमीटर रास्ता रह गया, तब एक ही पहाड़ के ऊपर हमें सँकरे रास्ते के कई चक्कर लगाने थे। संयोग से वर्षा थम गई। हम लोगों ने छाते बंद किए और उनसे लाठी का काम लेने लगे। हम लोगों को किसी ने कुछ ऐसा संकेत नहीं दिया कि लाठी लेकर ही चलें और न ही किसी ने बताया था कि छातों से बरसातियाँ अच्छी। पहाड़ों पर बरसातियाँ वर्षा से अच्छी तरह रक्षा करती हैं, जबकि छाता एक हाथ फँसाए रखता है। लाठी तीसरी टाँग का काम करती है। थका हुआ आदमी भी उसके बल ठिलने लगता है। हनुमान चट्टी पर लाठियाँ किराए पर मिलती हैं।

ठीक चार बजे हम यमुनोत्तरी पहुँच गए। पहली ही दुकान पर पत्नियाँ चाय पीती हुई मिलीं। सर्दी से ठिठुर ही नहीं, बल्कि हिचकोले खा रही थीं। उनके हाथों में चाय के प्याले काँपते-नाचते से नजर आ रहे थे। हम दोनों पैदल चलकर आए थे, कदाचित् इसलिए हमें अधिक सर्दी नहीं महसूस हो रही थी। बाजार क्या था, एक लाइन में आठ-दस दुकानें टीन और टाट की दीवारों से बनी थीं, जिनमें पूजा का सामान बिक रहा था। एक दुकान से हम लोगों ने पूजा का सामान लिया। दुकानदार ने हमें आधा पाव चावल और दो-चार आलू भी दिए कि कुंड में उबाल लें। दुकानों के पीछे पहाड़ हैं और आगे पतला सा रास्ता तथा नीचे बहुत गहरी बहती हुई यमुना। यहीं हमें कुछ मंदिरनुमा मकान भी दिखाई पड़े, जो बर्फ से ढके थे। दुकानों से आगे बढ़ते ही बाईं ओर ऊँचे पर्वत शिखर से उछलकर गिरती हुई जलधारा के दर्शन हुए। जलप्रपात का यह दृश्य निश्चय ही स्वर्गीय था। यहाँ से एक किलोमीटर दूर कलिंद पर्वत है, जिसमें से निकलने के कारण यमुना का एक नाम 'कालिंदी' भी है। यमुना के उस पार कुंड में कुछ लोग हमें नहाते हुए दिखाई पड़े। हमें भी उस पार जाना था। यहाँ पुल हुआ करता था, परंतु इस वर्ष जो बर्फ गिरी, उससे पुल का कुछ अता-पता नहीं चलता। उस दिन बर्फ का पहाड़ हमारे सामने था, जो नदी को छाए था। यमुना नदी बर्फ के पहाड़ के नीचे से बह रही थी। इस हिमखंड पर खड़े हम उस कलनाद को सुन रहे थे, जिसमें कुछ ऐसा स्वर्गीय माधुर्य था, जो हमें आत्म-विस्मृत सा कर रहा था। उस बर्फ के पहाड़ को पार करने के लिए आर-पार मोटा रस्सा बँधा था। उस मोटे रस्से को पकड़कर चलने पर भी पाँव फिसलते थे और लोग गिर पड़ते थे। मेरा भी पाँव फिसला था और मैं गिर भी पड़ा था, परंतु रस्से को कसकर पकड़े रहा। इतने में दो स्वयंसेवक वहाँ आए और उन्होंने बारी-बारी से हमारा हाथ पकड़कर हमें उस पार पहुँचाया। जीवन में पहली बार उस बर्फ के पहाड़ पर चलते समय रोंगटे खड़े हो गए थे।

आज भी उस दृश्य का स्मरण होने पर रोमांच हो उठता है।

ठीक तट पर तप्तकुंड था, जिसमें एक युवा व्यक्ति नहा रहा था। बात चलने पर उसने बताया कि सुबह आठ बजे से बराबर नहा रहा हूँ। पता नहीं उसने इन आठ घंटों में कितना स्नान-सुख पाया होगा। मैंने नहाने के लिए कुंड में उतरने से पहले जैसे ही जल का स्पर्श किया, हाथ झनझना उठा। पानी गरम ही नहीं था, खौलता सा था। कितनी विचित्र बात है कि उस खौलते पानी के कुंड में एक बार उतर जाने पर वह पानी कष्टदायक नहीं, बल्कि सुखद प्रतीत होने लगता है। आधा घंटे तक जमकर स्नान होता रहा। इस कुंड के कुछ ही ऊपर एक दूसरा कुंड है, जिसमें हमने गमछे में चावल तथा आलू बाँधकर लटकाए थे। दस मिनट में चावल और आलू उबल गए थे। हम स्नान के उपरांत जैसे ही कुंड से बाहर निकले, कड़ाके की सर्दी लगने लगी। पाँव तो जैसे गले ही जा रहे थे। वहाँ दो मंदिर हैं—एक यमुनोत्तरी देवी का और दूसरा हनुमानजी का। हम दोनों में बारी-बारी से गए, और अपने श्रद्धा-सुमन चढ़ाए। हनुमानजी के मंदिर में एक संतपुरुष विराजमान थे। उन्होंने बताया कि वे पिछले चौदह वर्ष से यहाँ रह रहे हैं। इस वर्ष जैसी बर्फ पिछले 85 वर्षों में नहीं पड़ी।

सामान्यतया पुजारी, पंडे तथा दुकानदार मई से मध्य अक्तूबर तक यहाँ रहते हैं। सर्दी पड़ने पर जानकी चट्टी या नीचे अपने स्थायी आवास पर चले जाते हैं; परंतु उस संतपुरुष के छह-सात महीने एकांत तपस्या या समाधि में ही बीतते होंगे। यदि कुछ उदर में इस बीच डालते भी होंगे तो तप्तकुंड का उष्ण जल उनकी पाकशाला का शक्ति-स्रोत बनता होगा। उस महापुरुष का आशीर्वाद लेकर हम लोग मंदिर से बाहर निकले। उन्हीं दो स्वयंसेवकों की सहृदयता से हिमशैल पार किया। वर्षा बंद हो चुकी थी।

यहाँ वास की उत्तम व्यवस्था न दिखाई पड़ने पर हमने जानकी चट्टी लौटने का निश्चय किया। गरम पानी से नहा लेने पर हमारी सारी थकावट ही जैसे मिट चुकी थी। उस समय हमें यह भी याद न आया कि हम सुबह से 13 किलोमीटर की पैदल यात्रा कर चुके हैं। फिर हम लोग 5 बजे यमुनोत्तरी से चल पड़े और साढ़े सात बजे यमुना चट्टी सकुशल लौट आए। रास्ते में टॉर्च काम आई। दोपहरवाले हलवाई के यहाँ हमने डेरा लगाया। वहीं भोजन किया। दुकानदार हमें फिर अचार खिलाना चाहता था, परंतु हम उसके झाँसे में दोबारा नहीं आए।

दुकान के ठीक सामने दो मंजिला मकान था। वहीं हमें ऊपरी मंजिल में दस-दस रुपए पर दो कमरे मिल गए। दो-दो रुपए पर छह गद्दे और छह रजाइयाँ

भी हमें मिल गईं। हमने रजाइयों के नीचे अपनी-अपनी ओढ़ने की चादरें लगा लीं। उस रात हम लोगों को अच्छी नींद नहीं आई। गरम पानी से अधिक देर नहाना भी संभवत: नींद में एक बाधक कारण रहा हो। टाँगें भी दुख रही थीं। कभी दाहिनी टाँग से बाईं को दबाते थे तो कभी बाईं टाँग से दाहिनी को। नींद न आने का एक कारण और भी था। हम लोग ऊपर की जिस मंजिल में थे, उसकी जमीन लकड़ी के तख्तों की थी। तख्तों की झिरियों में से धुआँ ऊपर आ रहा था। सुबह पता चला कि नीचे हिप्पियों का जोड़ा था। वे शायद रातभर सिगरेट ही पीते रहे। कमरे से धुआँ निकालने के लिए मुझे रात में कई बार उठकर खिड़की खोलनी पड़ती थी। फिर जैसे ही कमरा ठंडा हो जाता वैसे खिड़की बंद करने के लिए भी उठना पड़ता था।

दूसरे दिन (11 मई को) सुबह सात बजे नींद खुली। जो हो, हम लोग तरोताजा थे। निपटने-नहाने में विशेष असुविधा नहीं हुई। सर्दी कड़ाके की थी। हम वहाँ से आठ बजते-बजते निकल पड़े। फूलचट्टी में आकर नाश्ता किया। पीने के लिए बहुत बढ़िया दूध मिला। साढ़े दस बजे हम लोग हनुमान चट्टी पहुँचे। चंद्रमोहन को 30 रुपए देकर उससे विदा ली और गाड़ी में बैठकर सयाना चट्टी आए। लगे हाथ सामान-घर से अपना सामान उठाया, भाड़ा चुकाया, कैंटीन में जाकर भोजन किया और चल पड़े अगले पड़ाव की ओर।

□

जय गंगोत्तरी : दूसरा धाम

आज आकाश स्वच्छ था। धूप खिली थी। सयाना चट्टी से हमें अपने परिचित रास्ते से बरकोट होते हुए धरासू आना था और वहाँ से दूसरी सड़क पकड़कर उत्तरकाशी होते हुए गंगोत्तरी जाना था। यमुनोत्तरी से गंगोत्तरी की दूरी 228 किलोमीटर है और सयाना चट्टी से 210 किलोमीटर। फिर हम उस स्थान पर पहुँचे, जहाँ उस दिन हमें मलबे का पहाड़ पार करना पड़ा था, परंतु आज सड़क साफ थी। हिमालय की पर्वत-श्रेणियों का सौंदर्य तथा पर्वतीय वनस्पतियों की सुषमा के दर्शन करते हुए तथा बरकोट और धरासू नगरों को पीछे छोड़ते हुए हम आगे बढ़ चले। इस बार भी हमारी गाड़ी उक्त दोनों नगरों में प्रविष्ट न हुई। सयाना चट्टी से धरासू की 84 किलोमीटर की दूरी हमने चार बजते-बजते तय कर ली। सवा पाँच बजे हम उत्तरकाशी पहुँच गए। धरासू से उत्तरकाशी कुल 26 किलोमीटर है। ड्राइवर रामसिंह ने बताया कि यहाँ भी गढ़वाल विकास निगम का टूरिस्ट बँगला है और सयाना चट्टी जैसी सुविधाएँ भी उपलब्ध हैं। दो कमरे हम लोगों ने लिए। सब-कुछ वैसे का वैसा। भाड़ा भी वही। गाड़ी से सामान कमरों में रखवाकर हम लोग नगर-दर्शन के लिए निकल पड़े।

जिस बाजार में हमारा टूरिस्ट बँगला था, उसका नाम गुदौलिया जानकर मुझे कुछ विशेष आश्चर्य इसलिए नहीं हुआ, क्योंकि उसकी रंग-रंगत अपने बनारस के गौदोलिया जैसी जानी-पहचानी लग रही थी। हाँ, उस समय मेरे आश्चर्य का ठिकाना नहीं रहा, जब वहाँ के प्रतिष्ठित नागरिक श्री रिकेश्वरप्रसाद डड़ियाल ने बताया कि उत्तरकाशी भी काशी की ही तरह अस्सी और वरुण नदियों के बीच बसी हुई है। यह नगरी भी ऐतिहासिक मंदिरों से भरी हुई है और यहाँ का प्रसिद्ध मंदिर भी विश्वनाथ मंदिर ही है। इस मंदिर में आरती भी काशी विश्वनाथ मंदिर की तरह सुबह-शाम होती है।

उत्तरकाशी काशी का ही लघु रूप है। यहाँ के नगर पहाड़ और नदी के बीच

बसे होते हैं। इस प्रकार यहाँ एक-आध ही लंबा बाजार होता है। किनारे-किनारे दुकानों तथा मकानों का हम लोगों ने चक्कर लगाया। अच्छे सुंदर मकान हैं तथा दुकानें भी सजी-सँवरी हैं। दो सिनेमाघर हैं—प्रसाद और विश्वनाथ। इन पर भी काशी की छाप स्पष्ट है।

हम भागीरथी के दर्शन करने के लिए एक गली से होकर जब निकले तो रास्ते में मुमुक्षु भवन दिखाई पड़ा। यह काशी के मुमुक्षु भवन की ही शाखा है। भागीरथी की धारा अपेक्षाकृत अधिक चौड़ी तथा वेगवती थी। नदी के उस पार संभवतः विद्युत् परिषद्वालों का नगर था। भोजन की तलाश में गंगा-तट से ही हम लोग निकले तो हमें काशी विश्वनाथ गली जैसा खूबसूरत तथा भीड़-भाड़ भरा सँकरा बाजार मिला। यहाँ हमने कंधे में लटकानेवाले झोले इस उद्देश्य से खरीद लिये कि पैदल यात्रा के समय हर आदमी अपना-अपना एक जोड़ा कपड़ा उसमें रख ले और इस प्रकार मजदूर न करना पड़े, फिर हम लोग एक रेस्टोरेंट में भोजन के लिए जा पहुँचे। वहाँ गंगोत्तरी से लौटा मध्य प्रदेश का एक युवा यात्री अपनी आपबीती सुनाते हुए कह रहा था कि पानी इतना ठंडा था कि सिर पर लोटा डाला तो ऐसा लगा कि सिर जैसे फट गया हो। उसने यह भी कहा कि वहाँ अत्यधिक बर्फ है।

भोजन के उपरांत हम लोग टूरिस्ट बँगले में लौट आए और बिस्तर पर पड़ते ही निद्रालोक में जा पहुँचे। ढाई-तीन बजे वर्षा शुरू हुई। टीन की छतें मृदंग की तरह झनझना उठीं। एक बार नींद उचटी अवश्य, परंतु कान लपेटकर फिर जो सोए तो सुबह ही नींद खुली।

उत्तरकाशी से गंगोत्तरी की दूरी कुल 100 किलोमीटर है, इसलिए हम लोगों ने उत्तम यह समझा कि टूरिस्ट बँगले के ये दोनों कमरे खाली न करें और लौटकर रात पुनः यहीं बिताएँ। एक-एक कप चाय पीकर हम लोग साढ़े छह बजे 'जय गंगोत्तरी' का जयकारा लगाकर उत्तरकाशी से चल पड़े। हमारे ड्राइवर ने बताया कि दो कारें तथा एक बस गंगोत्तरी के लिए रवाना हो चुकी हैं और एक-दो कारें अभी उधर जानेवाली भी हैं।

रात ढाई बजे जो वर्षा आरंभ हुई थी, वह अब भी हो रही थी। वर्षा में पहाड़ी रास्ते पर गाड़ी और भी धीमी गति से चलानी पड़ती है। हमारी गाड़ी भागीरथी के किनारे-किनारे चलने लगी। वही सर्पिल सड़कें, वही पहाड़ों पर सीढ़ीनुमा खेत, जगह-जगह छोटे-छोटे मकान, चीड़ और देवदार के वृक्ष, अब्रंकश के लाल-लाल फूल और इन सबसे बढ़कर ठंडी-मीठी मस्त हवा। अंतर यह था

कि यमुना की तरह भागीरथी ऊधम नहीं मचा रही थी। बिलकुल शांत बह रही थी और उसका हरित जल पन्ने की आभा सा झिलमिला रहा था। हमें अपने ड्राइवर की प्रशंसा करनी होगी कि वह अब दोनों कारों तथा बस से हमें आगे निकाल लाया, जो हम से आधा घंटा पहले चली थीं। मार्ग में हमें अनेक पहाड़ी परिवार खच्चरों-घोड़ों पर अपना सामान लादे हुए ऊपर जाते हुए मिले। लंबे-लंबे तथा रेशम से खूबसूरत बालोंवाली भेड़-बकरियों के कई समूह भी कई-एक मिले। ये भी चरागाहों की खोज में ऊपर जा रहे थे। रूप की मूर्ति पर्वतबालाएँ नवजात शावकों को गोद में लिये अत्यंत भली लग रही थीं। लाल-लाल गालोंवाले छोटे-छोटे गोल-मटोल बालक भेड़ों को हटा-बढ़ाकर हमारी गाड़ी के लिए रास्ता बनाने के लिए सदा तत्पर रहते थे।

उत्तरकाशी से दस किलोमीटर आगे बढ़ने पर मेनरी कसबा आया। यहाँ अति विशाल जल-विद्युतगृह का निर्माण कार्य चल रहा था। भागीरथी के जल को साढ़े आठ किलोमीटर लंबी सुरंग में से निकालने की यह चमत्कारपूर्ण योजना है।

हम लोग बराबर समुद्रतल से ऊँचे होते चले जा रहे थे। समुद्रतल से उत्तरकाशी की ऊँचाई 1158 मीटर थी, परंतु 43 किलोमीटर चलकर जब हम गंगानी पहुँचे तब हम समुद्रतल से 1982 मीटर ऊपर थे। गंगोत्तरी से केवल 18 किलोमीटर आगे सुखी नामक कसबा है। यह गंगोत्तरी की अपेक्षा 762 मीटर अर्थात् समुद्रतल से 2744 मीटर ऊँचा है।

हमारी गाड़ी लगभग खड़ी चढ़ाई चढ़ रही थी। यहाँ से हमें हिममंडित पर्वत शिखाएँ दिखाई पड़ रही थीं। 10 बजते-बजते हम लोग लंका पहुँच गए। वहाँ बहुत बड़ा मैदान है, जिसके एक तरफ सैनिक छावनी भी है। लंका की ऊँचाई समुद्रतल से 2652 मीटर है। हमें अपनी गाड़ी यहीं छोड़ देनी थी और तीन किलोमीटर पैदल चलना था।

सुबह से वर्षा का क्रम भंग नहीं हुआ था। आज लंका पहुँचनेवाली हमारी गाड़ी पहली थी। हम एक-एक कप चाय पीकर तथा छाता लगाकर चल पड़े। तीन किलोमीटर का यह रास्ता अत्यंत सँकरा तथा ऊबड़-खाबड़ था। सुरक्षा की दृष्टि से कहीं-कहीं सीढ़ियाँ भी बनी हुई थीं और कहीं-कहीं लकड़ी के जंगले भी लगे हुए थे।

गगनचुंबी पर्वतमालाओं के बीच से हम भागीरथी के किनारे चले जा रहे थे। भागीरथी कहीं-कहीं इतनी नीचे दिखाई पड़ती थी कि जैसे पाताल में बह रही हो। यहीं जाह्नवी और भागीरथी का संगमस्थल भी है, जो अत्यंत मनोरम है। यहाँ

भागीरथी बड़े जोर-शोर से आती है और जाह्नवी पूर्णतः शांत है।

उत्तराखंड में जहाँ-जहाँ भी नदियों का संगम है, वहाँ-वहाँ के स्थानों को 'प्रयाग' कहते हैं; जैसे—देवप्रयाग, सोनप्रयाग, रुद्रप्रयाग, नंदप्रयाग, कर्णप्रयाग, विष्णुप्रयाग आदि। कदाचित् यही एक ऐसा संगम है, जिसका नाम प्रयाग नहीं। संभवतः इसलिए कि यहाँ न बस्ती है और न ही कोई स्नान करने का साहस दिखानेवाला। हमने यह तीन किलोमीटर का सफर लगभग दो घंटे में तय किया। खुले मैदान में पहुँचे। इस स्थल को भैरवघाटी कहते हैं। यहाँ छोटे-छोटे दो ढाबे हैं। भोजन की अच्छी व्यवस्था है।

यहाँ ठंड काफी थी। पानी मूसलधार बरसने लगा था। दो जीपें थीं अवश्य, पर थीं दोनों ही पंक्चर। पता चला कि सुबह से न कोई जीप गंगोत्तरी गई थी और न कोई आई ही थी। जाने का प्रश्न भी नहीं था, क्योंकि उस दिन हम ही वहाँ पहुँचनेवाले पहले यात्री बने। हमें देखकर एक जीपवाला अपनी जीप को ठीक करने लगा। आधे घंटे तक हम उसी जीप के ठीक होने की प्रतीक्षा करते रहे।

इसी बीच एक संन्यासी भी वहाँ लंका से आ पहुँचे। उन्होंने बताया कि हमारे बाद लंका पहुँचनेवाले सब-के-सब यात्री वापस लौट गए हैं और आप ही आज गंगोत्तरी जानेवालों में से हैं। ये संन्यासी महोदय पिछले 22 वर्षों से संन्यास धारण करके गंगोत्तरी में ही रह रहे हैं। पीछे से ये बंबई (अब मुंबई) के रहनेवाले हैं। गत वर्ष बीमार होने पर इलाज कराने के लिए बंबई गए थे। रक्त की जाँच होने पर हीमोग्लोबिन नामक तत्त्व इनके शरीर में 18 प्रतिशत निकला था, जबकि वह सामान्यतया 6 प्रतिशत से अधिक नहीं होता अर्थात् सामान्य से तीन गुणा अधिक।

डाक्टर ने पूछा कि आप क्या खाते-पीते हैं।

इन्होंने उत्तर दिया—दाल-फुलका ही खाता हूँ।

फिर संन्यासी महोदय ने बड़े मधुर स्वर में हमसे कहा कि मैंने डॉक्टर को अर्ध-सत्य ही बताया था। असली चीज जो खाता-पीता हूँ, वह तो मैंने बताई ही नहीं। वह यह कि गंगोत्तरी की हवा खाता हूँ और भागीरथी का जल पीता हूँ। स्वास्थ्य की दृष्टि से इस स्थल का कितना महत्त्व है यह स्वतः सिद्ध है।

पंक्चर लगाने के बाद लड़का पंप से पहिए में हवा भरने लगा। हवा भरने में भी 15-20 मिनट लग गए। इतने में गंगोत्तरी से लदी-फँदी जीप वहाँ आ पहुँची। उस जीप के हुड पर बर्फ की मोटी तह जमी थी। उसका ड्राइवर हमें ले चलने के लिए तैयार तो हो गया, परंतु उसने भाड़ा पूरी गाड़ी का अर्थात् दस सवारियों का माँगा। 120/- आने-जाने का भाड़ा पूरी गाड़ी का तय हुआ। हम लोगों ने स्वामीजी

तथा एक अन्य बालक को भी बैठा लिया। बालक वहाँ कुछ सामान पहुँचाने जा रहा था।

भैरवघाटी से गंगोत्तरी दस किलोमीटर है। रास्ते के आरंभिक मार्ग में देवदार के पंक्तिबद्ध पेड़ बड़ा ही सुहावना दृश्य उपस्थित करते हैं। फिर आगे का वैसा ही रास्ता था, जिसके हम पहले से अभ्यस्त थे। चार-पाँच किलोमीटर पर बर्फ गिर रही थी। हम लोगों ने अपने जीवन में ओले पड़ते तो अनेक बार देखे थे, परंतु बर्फ का गिरना पहली बार ही देख रहे थे। यह दृश्य कुछ वैसा ही था जैसा कोई धुनिया ईजिप्शियन रुई को धुने और उसका तार-तार हवा में उड़ने लगे। पेड़ों पर बर्फ फलों के रूप में लटकती हुई दिखाई दे रही थी। सड़क पर भी बर्फ थी और ड्राइवर बड़ी सावधानी से जीप चलाता हुआ आगे बढ़ रहा था।

आधे घंटे में हम लोग गंगोत्तरी पहुँच गए। फिर माँ भागीरथी की दुग्ध-धवल धारा के दर्शन हम अपने इन्हीं चर्म चक्षुओं से कर रहे थे। फेनिल धारा में पड़े सफेद पत्थरों पर जमी बर्फ उस दृश्य को स्वर्गीय बना रही थी। धारा का कलनाद हमें आत्म-विस्मृत सा कर रहा था। नदी के उस पार अनेक आश्रम दिखाई पड़ रहे थे, जो बर्फ से ढके हुए थे। कुछ क्षणों के लिए हम लोग सनसनाती हवा में, बरसती बर्फ में, समुद्रतल से 3140 मीटर की ऊँचाई पर तथा शून्य से भी निम्न तापमान में यह अनुभव ही न कर पाए कि हमारे अंग-अंग सनसना रहे हैं।

ऐसे वातावरण में किसी को स्नान की कैसे अनुमति दी जा सकती थी, लेकिन इस दिव्य स्थल का वास्तविक पुण्य लाभ न मेरी पत्नी चूकने के लिए तैयार थी, न भाभीजी ही। उनकी धारणा है कि गंगोत्तरी में स्नान करनेवाले के सब पाप धुल जाते हैं। उन दोनों ने चार-चार लोटे जल अपने ऊपर उँड़ेला। स्नान का पूर्वानुमान करके एक पंडा लोटा लेकर तब तक तट पर पहुँच चुका था, फिर भाई चंद्रप्रकाशजी ने भी स्नान किया। बहती गंगा में हाथ धोने के अतिरिक्त मैंने घलुए में मुँह भी धोया और एक लोटा जल काया पर उँड़ेला। इसी गंगाजल के संबंध में कहा जाता है कि इसमें अनेक जड़ी-बूटियों तथा खनिजों के ऐसे तत्त्व मिले हैं कि इसे बरसों तक इसी रूप में रखा जा सकता है। न यह सड़ता है और न इसमें कीटाणु ही उत्पन्न होते हैं। यह बात यमुना, मंदाकिनी, अलकनंदा या संसार की किसी अन्य नदी के बारे में नहीं कही जा सकती।

नहानेवालों के हाथ-पैर छनछना रहे थे। उनका गीले मोजे तथा जूते पहनना देखते ही बनता था। न मोजे खींचने पर खिंच पाते थे और न जूते चढ़ाने पर चढ़ ही पाते थे। जूते-मोजों के साथ हुई यह लड़ाई भी खूब रही। आधे घंटे तक यह

तमाशा चलता रहा, फिर हम लोगों ने बाहर से ही मंदिर के दर्शन किए। मंदिर दो बजे के बाद खुलता है। दो बजने में अभी बीस मिनट बाकी थे। ठंड इतनी अधिक थी कि एक-एक मिनट भारी हो रहा था। बगल में भागीरथी शिला थी। उसके हमने दर्शन अवश्य किए। यहाँ से गोमुख 14 किलोमीटर आगे था। हम लोग गोमुख के दर्शनों की लालसा मन ही में रखकर वापस लौट पड़े। जीप हमें भैरव घाटी ले आई। 3 किलोमीटर पैदल चलकर हम लंका आए और वहाँ से अपनी टैक्सी में बैठकर उत्तरकाशी स्थित टूरिस्ट बँगले में लौट आए।

जो यात्री लंका से वापस लौटे थे, वे हमारी साहसिक यात्रा का विवरण सुनकर पश्चात्ताप करने लगे। पश्चात्ताप हमें भी था कि हम लोग गोमुख न जा सके। उस ओले-पानी में वहाँ जाना उचित भी नहीं था।

जून से पहले गोमुख के दर्शन सामान्य लोगों के लिए संभव नहीं। वहाँ बर्फ-ही-बर्फ होती है। फिर भी हम अपने को धन्य समझ रहे थे कि हमें गंगोत्तरी के दिव्य दर्शन तो हुए। कितने ऐसे भी तो थे, जो द्वार तक पहुँचकर भी उस देवी के दर्शनों से वंचित रह गए थे।

□

जय केदारनाथ : तीसरा धाम

केदारनाथ भगवान् शंकर का ही एक नाम है। काशीवासी जैसे भगवान् शंकर को बाबा विश्वनाथ कहकर स्मरण करते हैं, वैसे ही उत्तराखंड के वासी उन्हें केदारनाथ कहकर। आदि शंकराचार्य ने 12वीं शताब्दी में समुद्रतल से 3583 मीटर की ऊँचाई पर यह मंदिर स्थापित किया था।

13 मई की सुबह। हम लोग छह बजे तक नहा-धोकर तैयार हो गए। टूरिस्ट बँगले का बिल चुकता कर तथा एक-एक कप चाय पीकर हम लोग अपनी टैक्सी में आ बैठे। अपने कार्यक्रम के अनुसार आज हमें सायं चार बजे तक 22 किलोमीटर की यात्रा कर गौरीकुंड पहुँचना है। गंगोत्तरी से केदारनाथ की दूरी 383 किलोमीटर है। 100 किलोमीटर उत्तरकाशी तक की यात्रा हमने कल ही पूरी कर ली थी। शेष 243 किलोमीटर में से 227 किलोमीटर मोटर का रास्ता गौरीकुंड तक का है और उसके बाद का 16 किलोमीटर का रास्ता पैदल का।

गाड़ी पुराने रास्ते से पीछे लौटी। पहले धरासू, फिर टेहरी, इस बार भी इन नगरों में प्रविष्ट न हुई। बाहर-ही-बाहर से आगे बढ़ी, फिर हम कीर्तिनगर पहुँचे। यह नगर गढ़वाल नरेश कीर्तिसाह ने बसाया था। यह समुद्रतल से केवल 520 मीटर की ही ऊँचाई पर है। इस प्रकार गंगोत्तरी की 3140 मीटर की ऊँचाई से हम लोग बहुत नीचे आ गए थे।

जैसे ही हम लोग कीर्तिनगर पार कर श्रीनगर की ओर बढ़े, रास्ता बंद पाया। सड़क पर मलबे का अंबार लगा था। संयोग ही कहिए कि वहाँ पचासों मजदूर पहुँचे हुए थे और सड़क साफ करने में लगे थे। बीच-बीच में ऊपर से पत्थर गिरने लगते तो मजदूर उस स्थान से हट-बढ़ जाते। थोड़ी देर बाद जब पत्थर गिरने बंद हो जाते तो फिर सफाई के काम में लग जाते।

इस मलबे में कई-एक बड़े पत्थर भी थे, उन्हें पहले तोड़ा गया, फिर धकेलकर नीचे खाई में गिराया गया। एक घंटे तक हमें वहाँ रुकना पड़ा। रास्ता साफ हो जाने

पर हम लोग श्रीनगर पहुँचे। गढ़वाल की यह राजधानी अत्यंत रमणीक है। यह उत्तराखंड की संभवतः सबसे अधिक विस्तृत घाटी है। नगर में घुसते ही प्रहरी के रूप में गढ़वाल विश्वविद्यालय खड़ा है। उसका हरा-भरा मैदान तो सचमुच मनोहर है। नगर का मुख्य बाजार काफी चौड़ा है और लंबा भी। 19 मई को होने वाले संसदीय उपचुनाव के सिलसिले में वहाँ काफी चहल-पहल थी। एक स्थान पर चुनाव-सभा भी हो रही थी। कई पूर्व मंत्रियों के चेहरे भी नजर आए। हम लोगों ने श्रीनगर के ही एक रेस्टोरेंट में भोजन किया। यहीं हमें पाँच दिन बाद समाचार-पत्र के भी दर्शन हुए। उसमें शिमला तथा बदरीनाथ में हिमपात और दिल्ली तथा मेरठ में जोरों की वर्षा होने का समाचार भी देखा।

यह सोचकर हम चिंतित हुए कि उक्त समाचार पढ़कर हमारे घरवाले हम लोगों के संबंध में कितने अधिक अधीर होंगे। अभी तीन-चार दशक पहले उत्तराखंड की यात्रा पर निकलनेवालों की वापसी की आशा पचास प्रतिशत संदिग्ध ही होती थी। अब यह बात नहीं, फिर भी उस युग के पुराने लोगों को वैसी ही आशंका घेर लेने में देर ही कितनी लगती है, परंतु जैसे ही गाड़ी चली, समाचार-पत्र, उनमें छपे समाचार और उसके फलस्वरूप होनेवाली दुश्चिंता पीछे छूट गई और हम लोग पर्वतमालाओं के रम्य दृश्यों का आनंद लेते हुए आगे बढ़ने लगे।

एक घंटे बाद हम लोग रुद्रप्रयाग पहुँचे। यह अलकनंदा और मंदाकिनी नदियों का संगम-स्थल है, जो अत्यंत नयनाभिराम है। दर्शक संगम के निकट ही बने पुल से दो धाराओं का मधुर मिलन देखते ही रह जाते हैं। रुद्रप्रयाग से केदारनाथ तथा बदरीनाथ जाने के रास्ते अलग-अलग हो जाते हैं। मंदाकिनी को पकड़कर चलनेवाला रास्ता केदारनाथ जाता है और अलकनंदा के किनारे-किनारे जानेवाला रास्ता बदरीनाथ। पुल लाँघने के बाद हमारी गाड़ी एक सुरंग में से होकर निकली। उत्तराखंड की यात्रा के मध्य यही एक सुरंग रास्ते में पड़ती है। है तो छोटी सी, परंतु सुरंग तो सुरंग ही कही जाएगी।

19 किलोमीटर आगे बढ़ने पर अगस्त्य मुनि नगर आया। यह इस क्षेत्र की अत्यंत मनोरम घाटियों में से एक है। यह महर्षि अगस्त्य की साधना-स्थली है। ये वही मुनि हैं, जो एक बार सारा समुद्र पी गए थे।

198 किलोमीटर की यात्रा पूरी करके लगभग 4 बजे हम लोग गुप्तकाशी पहुँचे। यह स्थल उत्तराखंड के अत्यंत प्राचीन नगरों में से है।

कहा जाता है कि भगवान् शंकर काशी से भागकर यहीं आकर गुप्त रूप से ठहरे थे। शंकर का वास होने के कारण इसका नाम काशी पड़ा और यहाँ वे गुप्त

रूप से रहे थे, इसलिए इसका नाम गुप्तकाशी हो गया। काशी का स्मरण दिलानेवाला यहाँ भी मणिकर्णिका कुंड है। यहाँ के वासियों की ऐसी मान्यता है कि उक्त कुंड से फूटनेवाली दो धाराओं में से एक यमुनोत्तरी से आती है और दूसरी गंगोत्तरी से।

समुद्रतल से गुप्तकाशी 1479 मीटर ऊँचाई पर स्थित है। यहाँ से हिमाच्छादित पर्वत शिखरों का दर्शन भी होने लगता है। गुप्तकाशी से कुछ ही किलोमीटर आगे बढ़ने पर एक प्राचीन बौद्ध मंदिर के दर्शन होते हैं। कहा जाता है कि उत्तराखंड में कभी बौद्धधर्म का प्रचार जोरों पर था।

हमारी गाड़ी साढ़े पाँच बजे सोनप्रयाग पहुँची। यह मंदाकिनी और सोनगंगा का संगम-स्थल है। यहाँ आठ-दस बसें तथा पाँच-सात कारें खड़ी थीं। यहाँ से गौरीकुंड का रास्ता नियत समय पर खुलता है। एक बार गाड़ियाँ जाती हैं तो एक बार आती हैं।

थोड़ी ही देर बाद वहाँ गौरी कुंड से दो बसें और एक कार आई। बस से उतरनेवाले यात्रियों की शक्लें उड़ी-उड़ी सी थीं। उनसे पता चला कि ऊपर बहुत ठंड है। बहुत बर्फ भी है। उन्हीं में से एक भले आदमी ने हमें राय दी कि आगे न जाकर रात में यहीं रुकें तो अच्छा रहे। सोनप्रयाग में पंडों के कई-एक मकान थे ही। एक अच्छा कमरा 10/- पर हमें मिल गया। कुछ गद्दे और रजाइयाँ भी हमें दो-दो रुपए में मिल गईं। वहाँ दो दुकानें हलवाइयों की भी थीं और एक बिसाती की। बिसाती की दुकान से हम लोगों ने कंटोप तथा दस्ताने खरीदे। सोनप्रयाग में ही कड़ाके की सर्दी पड़ रही थी। इसलिए आगे की ठंड से बचाव के लिए कंटोप और दस्ताने आवश्यक थे।

हलवाई ने साफ-सुथरी चमचमाती स्टील की थालियों में उरद की दाल, आलू की सब्जी और गरम-गरम फुलके खिलाए। जब बिस्तरों पर लेटे तो मंदाकिनी का निनाद उस कमरे में भी गूँज रहा था।

सुबह छह बजे उठे। कलवाले हलवाई के यहाँ हम लोग चाय पीने पहुँचे। हमने अपने बिस्तर तथा अटैचियाँ उसी की राय से उसी की दुकान पर रखवा दीं। साढ़े छह बजे जैसे ही सिपाही ने सीटी बजाकर रास्ता खुलने की सूचना दी, हमारी गाड़ी सर्र से आगे बढ़ गई। यह रास्ता कम चौड़ा है, इसीलिए एक तरफ का यातायात बंद रखा जाता है। यह मार्ग भी सुंदर तथा सुहावना है। पहाड़ों पर बर्फ तथा हरियाली दोनों साथ-साथ दिखाई दे रही थीं।

सात बजे तक हम लोग गौरीकुंड पहुँच गए। यह अपेक्षाकृत बड़ा कसबा है। यहाँ इसी नाम का गरम जल का कुंड है। इसमें हम लोगों ने जी भरकर स्नान

किया। कुंड पर ही चाय-जलपान का अच्छा प्रबंध है। यहाँ यात्रियों के रहने के लिए अनेक उपयुक्त आवास स्थल हैं। हम लोगों ने 12/- जमा करके छह लाठियाँ एक दुकान से लीं और फिर 'जय केदारनाथ' बोलकर गौरीकुंड से चल पड़े।

यहाँ का अच्छा-खासा बाजार है। यात्रियों की आवश्यकता की प्रायः सभी चीजें यहाँ सुलभ हैं। जैसे ही बाजार खत्म हुआ, आवाजें आने लगीं। बाबू घोड़ा कर लो, बाबू कंडी कर लो, बाबू डांडी कर लो। दोनों स्त्रियों के लिए हमने घोड़े कर लिए, सिर्फ जाने-जाने के लिए, चालीस रुपए में और बाकी हम चारों ने पुण्य यात्रा पैदल ही समीचीन समझी। आज की यात्रा की सबसे बड़ी विशेषता यह थी कि यात्रियों के अनेक दल पैदल, घोड़ों पर, कंडियों-डांडियों में बराबर चले जा रहे थे। रास्ता पूरी तरह से गुलजार था। खच्चरों की टोलियाँ-की-टोलियाँ सामान लादे ऊपर जा रही थीं। नीचे से सामान ऊपर ले जाने का वहाँ यही एक साधन है।

हम लोग आठ किलोमीटर की यात्रा चार घंटे में तय करके रामबाड़ा पहुँचे। एक दुकान पर बच्चे तथा स्त्रियाँ हमारी प्रतीक्षा कर रही थीं। सामान्यतया यात्री एक रात यहाँ रुकते हैं। यहाँ बीसों दुकानें ऐसी हैं, जिनमें यात्रियों के लिए रजाइयाँ-गद्दे उपलब्ध हैं। हम लोग थक तो अवश्य गए थे, परंतु घोड़े हमने केदारनाथ के ही किए थे, इसलिए आगे चलने का निश्चय किया। गौरीकुंड की समुद्रतल से ऊँचाई 1982 मीटर थी, जबकि रामबाड़ा की 2591 मीटर। केदारनाथ की ऊँचाई 3582 मीटर है। इस प्रकार अभी हमें आठ किलोमीटर और चलना था तथा 992 मीटर और ऊँचे उठना था। हम चल पड़े।

उस समय एक बजा था। चलते समय हम उस चेतावनी को विस्मृत कर बैठे कि इस क्षेत्र में तीन बजे से वर्षा होने लगती है। रामबाड़ा से केदारनाथ जानेवाला उस दिन अंतिम दल हमारा ही था। अभी हम गरुड़ चट्टी के इधर ही थे कि जो बर्फ अब तक पर्वत-शिखरों पर दिखाई पड़ती थी, वह अब हमारे दाएँ-बाएँ थी।

अब तक हमने जो रास्ते तय किए थे, वे सब पहाड़ों को काटकर बनाए गए हैं, परंतु अब हम जिस पथ पर चल रहे थे, वह पठारनुमा पर्वत शिखर था और पूर्णतः हिममंडित था। दूसरे शब्दों में हम यह कह सकते हैं कि पहले हम पहाड़ों में चलते रहे थे, अब पहाड़ों के ऊपर चल रहे थे। मंदाकिनी भी बर्फ से पटी पड़ी थी, कहीं-कहीं बर्फ में सुराख करके उसका जल अवश्य दर्शन दे जाता था।

हम लोग हिमपथ पर बड़े सँभल-सँभलकर चल रहे थे। अपनी छड़ी को जैसे ही बर्फ पर टिकाते उसका नुकीला सिरा उसमें धँस जाता था। शुरू-शुरू में पाँव फिसले, परंतु जल्दी ही हम बर्फ पर चलने के अभ्यस्त हो गए और बड़े मजे

से चलने लगे। प्यास लगने पर या गला सूखने पर हम रास्ते से थोड़ी सी बर्फ उठाते और मुँह में डाल लेते। किसी पत्थर या शिलाखंड पर पड़ी बर्फ को हम छड़ी से सहलाते तो वह रुई की तरह बिखरने लगती।

अभी भी केदारनाथ दो किलोमीटर दूर था कि एकाएक तेज हवा चलने लगी। देखते-ही-देखते गहरे बादल घिर आए। घना अंधकार सा छा गया। उस समय साढ़े तीन से अधिक नहीं बजे होंगे।

हम दोनों में घबराहट शुरू हुई। इस बात से अवश्य मन हलका हुआ कि दोनों स्त्रियाँ तथा दोनों बच्चे अब तक अवश्य केदारनाथ पहुँच गए होंगे। इतने में बूँदाबाँदी शुरू हुई। हम दोनों का चिंतित होना स्वाभाविक था। अनजाना सँकरा रास्ता और वह भी बर्फ से पटा हुआ, ठंडी तीखी हवा, अँधेरा घुप्प और ऊपर से भगवान् इंद्र का प्रकोप। हम लोगों ने छाते खोल लिये, लेकिन हवा थी कि उन्हें क्या, उनके साथ हमें भी उड़ा ले जाना चाहती थी। सहसा मेरे मुँह से निकला—भाई साहब, यह पानी बरसेगा नहीं, बस थमा कि थमा, फिर मैंने भोले बाबा का स्मरण किया और 'जय शिव भोले' की रट लगाई। पानी सचमुच थम गया। भाईसाहब को कुछ चमत्कार सा लगा। जो हो, मैं उस बर्फीली घाटी में भोले बाबा को टेरता ही चला गया।

फिर हमें कुछ आगे बढ़ने पर मंदिर और बस्ती दिखाई देने लगी। गंतव्य समीप आता देखकर हमारे चेहरे खिल से उठे। थोड़ी दूर चलने पर गढ़वाल विकास निगम का टूरिस्ट बँगला दिखाई दिया। इस निगम से कुछ ऐसा नाता जुड़ चुका था कि सहसा कदम उसी ओर उठे। घुटने-घुटने बर्फ में से निकलकर वहाँ पहुँचे।

वहाँ मेरी पत्नी, भाभीजी तथा दोनों बच्चे मौजूद थे। ये दोनों भी पैदल ही बर्फ में चलकर आई थीं। घोड़े इन्होंने छोड़ दिए थे, संभवतः भय के कारण। उस टूरिस्ट बँगले के अधिकारी भी वहाँ एक-आध दिन पहले ही पहुँचे थे, इसलिए अभी वहाँ कोई व्यवस्था नहीं थी, परंतु हमें उस अधिकारी की यह बात कचोटती ही रही, "नीचे आपको क्या परेशानी थी, जो आप ऊपर चले आए।"

अतिथिशील उत्तराखंड का अतिथि-भावना से विहीन यह अधिकारी! इस युवा अधिकारी के मुँह लगना हमने ठीक न समझा। बाहर निकल आए। दस कदम पर ही पुल था, जिसके नीचे से मंदाकिनी बह रही थी। पुल पर भी बर्फ जमी थी और मंदाकिनी पर भी बर्फ की परत सी फैली प्रतीत होती थी। पुल पर हमें कई पंडे मिले। फिर एक पंडे ने हम से नाम-गाँव का नाता जोड़ लिया। तब हम उसी

के साथ हो लिये। जिस रास्ते पर हम चल रहे थे, उस पर पाँच-छह फुट बर्फ जमी थी। बर्फ से कूदकर हम उस पंडे के बरामदे में उतरे। वह बरामदा दो फुट से अधिक चौड़ा नहीं था। वहाँ से बर्फ पहले ही हटा दी गई थी। जिस कमरे में हमें ठहराया गया, उसका आधा द्वार बर्फ से ढका था। पहले पंडे से कहकर हमने चाय बनवाई। फिर उससे जल्दी भोजन बनाने के लिए कहा। दोपहर को उस दिन लंघन ही हुआ था, इसलिए भूख चटक उठी थी।

हमें वहाँ पहुँचे 15 मिनट से अधिक नहीं हुए होंगे कि ओले बरसने लगे। यदि ये ओले एक घंटा पहले पड़ने लगते तो क्या होता! हम लोगों ने मन-ही-मन बाबा विश्वनाथ को प्रणाम निवेदित किया। पंडे ने गद्दों, तकियों तथा रजाइयों का उत्तम प्रबंध कर दिया। बहुत बढ़िया तथा जायकेदार भोजन भी कराया। रात उसी कमरे में बिताई। ओलों का जो क्रम सायं 5 बजे से शुरू हुआ था, वह दूसरे दिन भोर में 5 बजे तक जारी रहा।

सुबह उठे। दरवाजा खोला तो अक्ल चकरा उठी। बर्फ जो सायंकाल आधे दरवाजे तक थी, अब दरवाजे तक उठ चुकी थी। निपटने के लिए बाहर निकले तो ऐसा लगा कि आज बर्फ में कहीं धँस ही न जाएँ।

पाँच-सात कदम ही आगे बढ़े थे कि भाई चंद्रप्रकाशजी के एक पैर का जूता नदारद था। उन्होंने जल्दी-जल्दी तथा बारी-बारी से वहाँ बने गड्ढों में हाथ डाला। जूता तो मिल गया, परंतु इन पाँच-सात मिनटों में उनके पैर को बर्फ ने काट खाया। कई दिन तक हिमदंश से वे पीड़ित रहे। बर्फ ने जूतों को भी इस खूबसूरती से आक्रांत कर लिया था कि लाख छुड़ाने पर भी वह न छूटी। अंत में पंडे ने गरम पानी में जूतों को डुबोया, तब जाकर उससे पिंड छूटा।

उस दिन बिना नहाए-धोए ही हम बाबा केदारनाथ के दर्शन के लिए निकले। कच्ची ताजी बर्फ में हमारी टाँगें धँसी जा रही थीं। जब हम लोग रामबाड़ा से आगे बर्फ पर चले थे तो पक्की बर्फ पर ही चले थे। पक्की बर्फ पर फिसलने की आशंका रहती है और कच्ची में धँस जाने की। अनेक मकानों की छतों के समानांतर बर्फ थी। रात भर में चार-पाँच फुट बर्फ बढ़ गई थी। बर्फ में कहीं अधिक न धँसे, इसलिए हम लोग उछलते हुए चलने लगे। हम लोग आधा किलोमीटर का रास्ता तय करके मंदिर के प्रांगण तक जा पहुँचे।

विशाल तथा भव्य मंदिर। पहले द्वार पर गणेश-पूजन किया गया। फिर मंदिर में प्रवेश कर बाबा केदारनाथ के दर्शन किए। यह विशाल ज्योतिर्लिंग है। हमें देखते ही पुजारी जोरों से मंत्रोच्चार करने लगे। हमारा पंडा प्रसाद की दो थालियाँ ले

आया। हम लोगों ने बाबा की पूजा की, फेरी ली, दक्षिणा दी, प्रसाद प्राप्त किया। 10 मिनट से अधिक समय न लगा होगा, परंतु इसी बीच हमारे हाथ-पैर गलने लगे थे। बिना दस्तानों के हाथ और बिना जूते-मोजों के पैर काँच की तरह पीले हो गए थे। मंदिर के भीतर बर्फ तो नहीं थी, परंतु पत्थर का फर्श बर्फ से भी अधिक ठंडा था। आदि शंकराचार्य की समाधि भी इस मंदिर के समीप ही है, परंतु वह बिलकुल बर्फ से ढकी थी।

लौटकर हम उसी पंडे के कमरे में आए। एक-एक कप चाय पी। चाय-भोजन का पैसा चुकाया। कुछ दक्षिणा दी और वापसी यात्रा के लिए तैयार हुए। पंडे ने हमें आशीर्वाद दिया और प्रसाद रूप में ब्रह्मकमल दिया। यह कमल का ही खिला, किंतु सूखा रूप था। पंडे ने बताया कि इसे प्राप्त करने के लिए ऊपर जाना पड़ता है। पंडा हमें पुल तक छोड़ने आया।

पंडे से विदा लेकर हम लोग आगे बढ़ने लगे। बर्फ का रूप गत दिवस की अपेक्षा कहीं अधिक भयावह था। बर्फ में हमारे घुटने बार-बार धँस रहे थे। कल हमें तीन किलोमीटर बर्फ पर ही चलना पड़ा था, परंतु आज हमारा वही पथ 9 किलोमीटर तक बर्फ से ढक चुका था। यह रात भर हुई ओलों की वर्षा का ही परिणाम था।

आज केदारनाथ आनेवाले यात्रियों की काफी भीड़ थी। ऐसे अनेक यात्री मिले, जो दस्ताने और बूट-मोजे नहीं पहने थे। ऐसे यात्री न तो लाठी ही कसकर पकड़ पा रहे थे, न ठीक से चल ही पा रहे थे। गलन ऐसी विकट थी कि अनेक यात्री रुआँसे लग रहे थे, परंतु श्रद्धा और विश्वास के बल पर वे विकट परिस्थितियों में भी जैसे खिंचे चले जा रहे थे। अनेक यात्रियों ने पूछा कि अभी कितनी दूर जाना है। हम लोग उनकी हिम्मत बँधाते हुए कहते—बस आप पहुँचे-ही-पहुँचे।

रामबाड़ा में हम लोगों ने चाय पी तथा कुछ देर सुस्ताए भी। फिर चले और 3 बजे तक गौरीकुंड आ गए। उसी कुंड में स्नान किया, वहीं पास में भोजन किया, लाठियाँ वापस कीं, एक-एक रुपया भी लाठी का वापस मिला। उसके बाद माँ गौरी और केदारनाथजी की जय-जयकार करते हुए अपनी गाड़ी में जा बैठे।

सोनप्रयाग आए। नाममात्र का भाड़ा चुकाकर अपना सामान गाड़ी में रखवाया और चल पड़े रुद्रप्रयाग की ओर। वहीं गुप्तकाशी, अगस्त्य मुनिवाला रास्ता तय करके हम लोग सात बजे रुद्रप्रयाग आ पहुँचे। यहाँ पुन: गढ़वाल विकास निगम के टूरिस्ट बँगले में जा पहुँचे। यह कई मंजिली इमारत है। दो खंड तो भू-स्तर से नीचे हैं। हमें तीसरी मंजिल पर एक बड़ा कमरा मिला, जिसमें ग्यारह बिस्तर लगे थे।

10/– प्रति खाट के हिसाब से हमने छह खाटें लीं। शेष खाटें खाली ही रहीं। कमरे के पिछली तरफ अलकनंदा ठाठें मार रही थी।

रुद्रप्रयाग में रुद्रनाथ महादेव का विशाल मंदिर है। ऐसी किंवदंती है कि संगीतशास्त्र का ज्ञान प्राप्त करने के लिए महर्षि नारद ने यहीं भगवान् रुद्रप्रयाग की उपासना की थी।

□

जय बदरीनाथ : चौथा धाम

6 मई। हम लोग सुबह 5 बजते-बजते उठ खड़े हुए। अलकनंदा की गर्जना टूरिस्ट बँगलों के उस कमरे को मुखरित कर रही थी। पिछवाड़े की खिड़की खोलते ही मंदाकिनी और अलकनंदा दोनों के शुभ दर्शन हुए। सामने वह सुरंग भी दिखाई पड़ रही थी, जिसे केदारनाथ आते और जाते समय हमने पार किया था। दूर-दूर तक दिखाई दे रही पर्वतमालाएँ वातावरण को दिव्यता प्रदान कर रही थीं।

दैनिक कृत्यों से जल्दी-जल्दी निवृत्त हुए, टूरिस्ट बँगले का बिल चुकाया, सामान गाड़ी पर लदवाया और 'जय बदरीनाथ' बोलते हुए आगे बढ़ चले। आकाश पूर्णतः स्वच्छ था, ठंड भी विशेष नहीं थी।

रुद्रप्रयाग से बदरीनाथ 159 किलोमीटर है। समुद्रतल से इसकी ऊँचाई 610 मीटर ही है, जबकि बदरीनाथ की 3110 मीटर। उस दिन हमें 2500 मीटर ऊँचाई भी चढ़नी थी।

रुद्रप्रयाग से बदरीनाथ जानेवाली सड़क पक्की है और अपेक्षाकृत अधिक चौड़ी भी, परंतु इस सड़क पर पग-पग और क्षण-क्षण पर घुमाव आते हैं। हर मोड़ पर लिखा मिलता है कि हॉर्न बजाइए, परंतु हमने देखा कि ड्राइवर इस चेतावनी की उपेक्षा प्रायः कर जाते हैं। एक मोड़ पर तो हमारी टैक्सी की बस से टक्कर होते-होते बची।

प्रकृति की शोभा निहारते हुए हम सर्पिल सुहावने मार्ग पर आगे बढ़ते चले जा रहे थे। हम लोग 32 किलोमीटर चलने पर पिंजर और अलकनंदा के संगम स्थल कर्णप्रयाग पहुँचे। महाभारत के महान् योद्धा कुंती पुत्र कर्ण ने यहीं सूर्य की आराधना करके अभेद्य कवच प्राप्त किया था। इस प्रकार कर्णप्रयाग कर्ण की ही कीर्तिस्थली है।

कर्णप्रयाग से 22 किलोमीटर पर नंदप्रयाग है। यह अलकनंदा और नंदाकिनी

नदियों का संगम है। नंदाकिनी नंदादेवी पर्वत शिखर से निकलती है। यहाँ एक सड़क रानीखेत से आकर भी मिलती है।

हम लोग चमोली, बिरही होते हुए पीपलकोठी पहुँचे। यह अच्छा कसबा है। बाजार भी अच्छा-खासा है। यात्रियों के लिए यहाँ अनेक धर्मशालाएँ तथा रेस्ट हाउस हैं। यह समुद्र तल से 1311 मीटर की ऊँचाई पर है। लगभग 9 बजे हम यहाँ पहुँचे थे। यहीं एक दुकान पर हम लोगों ने चाय-नाश्ता किया।

पीपलकोठी से 9 किलोमीटर आगे बढ़ने पर गरुड़ गंगा के दर्शन हुए। किंवदंती है कि भगवान् विष्णु अपनी सवारी गरुड़ को यहीं छोड़कर पैदल बदरीनाथ गए थे। यात्री वहाँ से छोटे-छोटे पत्थर चुन ले जाते हैं। उनका विश्वास है कि घाव पर इन पत्थरों से रगड़ने पर साँप का विष उतर जाता है।

फिर हमारी गाड़ी जोशीमठ आकर रुकी। यह आदि शंकराचार्य की साधनास्थली है। यहाँ ज्योतिर्मठ दर्शनीय स्थल उन्हीं के द्वारा स्थापित है। इस आश्रम में शहतूत का एक विशाल वृक्ष है, जिसे कल्पतरु कहते हैं। इसी कल्पतरु के नीचे आदिगुरु शंकराचार्य को ज्ञान-ज्योति के दर्शन हुए थे और उन्होंने हिंदू धर्म के पुनरुद्धार का व्रत भी यहीं लिया था। यहीं एक गुफा में शंकराचार्य की अत्यंत भव्य प्रतिमा की भी स्थापना की गई है। जोशीमठ में नृसिंह भगवान् का मंदिर भी दर्शनीय है। यहाँ अनेक धर्मशालाएँ तथा यात्रीगृह हैं। बाजार में यात्रियों के लिए उपयोगी सभी वस्तुएँ सरलता से मिल जाती हैं।

जोशीमठ से बदरीनाथ सिर्फ 48 किलोमीटर है। अब तक हम 5 घंटे के सफर में 111 किलोमीटर की यात्रा कर चुके थे और समुद्रतल से 1890 मीटर की ऊँचाई पर पहुँच चुके थे।

यहाँ से रास्ता इकतरफा खुलता है। हम लोग यहाँ से ग्यारह बजे चले। 20 किलोमीटर आगे बढ़ने पर गोविंद घाट आया। यहीं से हेमकुंड साहब तथा फूलों की घाटी के लिए पैदल रास्ता जाता है। मई महीना इन स्थलों के लिए उपयुक्त नहीं रहता। फूलों की छटा सितंबर महीने में ही दर्शनीय होती है। कहा जाता है कि सिखों के दसवें गुरु गोविंदसिंहजी ने अपने पूर्वजन्म में यहीं पर तप किया था।

गोविंद घाट से हमारा गंतव्य केवल 28 किलोमीटर दूर था। हाँ, 1300 फुट हमें अवश्य और ऊपर चढ़ना था। अब चारों ओर बर्फ-ही-बर्फ दिखाई दे रही थी। लगता था कि जैसे यहाँ बर्फ के ही पहाड़ हों। कई स्थानों पर मजदूर तथा बुलडोजर रास्ते से बर्फ हटाते हुए मिले। कई जगह तो ऐसा लगता था कि बर्फ के

पहाड़ नीचे अलकनंदा की धारा तक उतर आए हों।

हम लोग बदरीनाथ धाम एक बजे पहुँच गए। हम लोगों ने 159 किलोमीटर की दूरी सात घंटे में तय की थी। यहाँ सैकड़ों की संख्या में बस तथा कारें पंक्तिबद्ध खड़ी थीं। बर्फ से आच्छादित काफी खुला मैदान था, जिसे पठार ही कहना उपयुक्त है। इस पठार के दाहिनी ओर नर पर्वत और बाईं ओर अलकनंदा के उस पार नारायण पर्वत। नारायण पर्वत के तल में बदरीनाथजी का मंदिर तथा अन्य आश्रम हैं। हमारी गाड़ी नर पर्वतों की ओर खड़ी हुई।

यहाँ सैकड़ों यात्री वापस जाने की तैयारी में खड़े थे। कुछ बच्चे तथा उनके युवा माता-पिता भी हँसते-खेलते हुए एक-दूसरे पर बर्फ के गोले फेंक रहे थे। बस अड्डे के बाद नदी तट तक दोनों ओर अतिथि-गृह बने हुए हैं। उस समय इन सभी अतिथि-गृहों के आगे बर्फ के अंबार लगे हुए थे। छतों पर जमी बर्फ से टपकते जल-बिंदु बहुत ही भले लग रहे थे। यहीं कई अच्छे भोजनालय हैं।

हम लोग नदी तट तक चलकर आए। पुल पार कर उस ओर पहुँचे। विशाल मंदिर के दूर से दर्शन हुए। अलकनंदा में एक अति विशाल शिलाखंड के दर्शन भी हुए। इसे भगवान् वाराह का स्वरूप माना जाता है। तट से लगे चार तप्त कुंड हैं। यात्री बदरीविशाल के दर्शन करने से पूर्व इनमें से किसी एक कुंड में स्नान करते हैं। काफी भीड़ थी। पानी काफी गरम था।

हम लोगों ने एक कुंड में स्नान किया। जैसे ही स्नान करके मैं बाहर निकला, अलकनंदा के घाट पर कोई 1000 मीटर की दूरी पर एक व्यक्ति साफा लगा रहा था। मन में उत्सुकता जागी कि हो-न-हो यह बनारसी ही हो। मेरी उत्सुकता मुझे उस ओर खींचकर ले गई। बर्फीले ठंडे पानी में नहाने का साहस करनेवाला व्यक्ति सचमुच अभिनंदनीय था। वह काशी के जगतगंज मुहल्ले का वासी था।

तप्त कुंड के ठीक ऊपर बदरीनाथजी का भव्य मंदिर है। यह मंदिर भी आदिगुरु शंकराचार्य द्वारा ही स्थापित है, परंतु वर्तमान भवन बहुत बाद का है। मंदिर के प्लेटफॉर्म पर पहुँचने के लिए 15-20 सीढ़ियाँ चढ़नी पड़ती हैं। तुलसी की माला एक-एक रुपए में और प्रसाद की थाली तीन-तीन रुपए में मिलती है। भीड़ थी, इसलिए पंक्तिबद्ध होकर हम मंदिर में प्रविष्ट हुए। बारी आने पर भगवान् बदरी विशाल के दर्शन किए, नमन किया और प्रसाद चढ़ाया। हम धन्य थे, हमारे जीवन की चिर अभिलाषा पूरी हुई थी।

कक्ष से बाहर निकलकर हमने मंदिर की परिक्रमा की। यहाँ अनेक देवी-देवताओं की प्रतिमाएँ हैं। शंकराचार्यजी की प्रतिमा तो अत्यंत भव्य है। नारदकुंड

और पंचशिला के दर्शन किए और फिर पुल पार कर बाजार में आए। समय तीन के आस-पास रहा होगा। वहीं एक भोजनालय में भोजन किया। तंदूरी रोटी खाने को मिली। यहाँ इडली, डोसा, बड़ा जैसे दक्षिण भारतीय व्यंजन भी सुलभ थे।

यहाँ बैठकर हम लोगों ने आगे के कार्यक्रम के संबंध में भी विचार किया। यहाँ से 3 किलोमीटर की दूरी पर माना गाँव है, जहाँ से तिब्बत की सीमा आरंभ होती है। वहाँ व्यास गुफा भी दर्शनीय है, परंतु हमें भोजनालय के स्वामी ने बताया कि इस समय वहाँ जाने का कोई लाभ नहीं। बर्फ की अधिकता से सभी कुछ ढका-दबा होगा। उन्होंने यह भी बताया कि एक किलोमीटर की दूरी पर पंचधारा भी दर्शनीय स्थल है, परंतु कल जो हिमपात हुआ, उससे मार्ग अवरुद्ध है।

मौसम अच्छा होने पर यात्री यहाँ दो-चार दिन टिकते हैं और आस-पास स्थित अनेक प्राकृतिक स्थलों के दर्शन करते हैं। इन स्थलों में मातापूर्ति, भीमपुत्र, वसुधारा, लक्ष्मीवन, चक्रतीर्थ, सातोपंथ, अलकापुरी, नीलकंठ पर्वत श्रेणी आदि दिव्य स्थल कहे जाते हैं, परंतु हम लोगों के भाग्य में इनका दर्शन नहीं बदा था, फिर हमें यही राय दी गई कि जब कुछ देखना संभव नहीं तो यहाँ शीत में रहने से अच्छा है कि नीचे जाएँ। उस दिन गाड़ी पर हमारा सामान वैसे-का-वैसा ही रखा रहा। उतारने की नौबत नहीं आई थी। वापस चलने के विचार से गाड़ी में आ बैठे।

साढ़े चार बजे रास्ता खुला और हमारी गाड़ी लौट पड़ी। हम लोग साढ़े सात बजे 79 किलोमीटर की यात्रा कर पीपलकोठी पहुँचे। यहाँ पचासों बसें खड़ी थीं। यात्रियों से टूरिस्ट बँगले, रेस्ट हाउस तथा धर्मशालाएँ भरी थीं। यहाँ दुकानदार भी 15 या 20 रुपए लेकर अपनी दुकानों में यात्रियों के सोने की व्यवस्था कर देते हैं। हमें फिर काली कमलीवालों की धर्मशाला में एक बड़ा सा कमरा मिल गया। कमरे में दरी बिछी थीं। बिस्तर हमने अपने खोले। इस धर्मशाला में किराया नहीं लिया जाता। यात्री की खुशी पर है, जो चाहे दान दे। रात को यहीं बाजार में भोजन किया।

सुबह होते ही हमारी कार ऋषिकेश की ओर निकल पड़ी। नाश्ते या भोजन के लिए कुछ समय बीच में एक-दो स्थानों पर अवश्य रुकी। पाँच बजते-बजते हम लोग ऋषिकेश लौट आए। श्री पैन्युलीजी को लगा कि हम लोग यात्रा बीच में ही छोड़कर चले आए हैं। उनका ऐसा सोचना मौसम की बेरुखी से अपेक्षित

ही था, परंतु जैसे ही हमने उन्हें बताया कि हम चारों धाम की यात्रा करने में सफल रहे, उन्हें संतोष हुआ। उनके मार्ग-दर्शन तथा सहयोग के लिए हमने उन्हें पुनः धन्यवाद दिया और मेरठ की ओर हमारी गाड़ी आगे बढ़ी। नौ बजते-बजते हम लोग मेरठ पहुँच गए थे। 'जय उत्तराखंड की', 'जय यमुनोत्तरी की', 'जय गंगोत्तरी की', 'जय केदारनाथ की' और 'जय बदरीनाथ' की हमारे मुख से आप-से-आप निकल रहे थे।

□

सूर्योदय के देश में

सितंबर 1982 की घटना है। शनिवार का दिन था। सायं चार बजे का समय था। वर्षा मूसलधार हो रही थी। हमारे आवास 'शब्दलोक' में हमारी शब्द-गोष्ठी चल रही थी। डॉ. ब्रजमोहन पधारे हुए थे। अब उस शब्द-गोष्ठी के दो सदस्य ही शेष थे—डॉ. ब्रजमोहन और इन पंक्तियों का लेखक। यह शनिवारी साप्ताहिक गोष्ठी 1952 से निरंतर चली आ रही थी। समय पाकर इसके अन्य प्रमुख तथा स्थायी स्वनामधन्य सदस्य आचार्य रामचंद्र वर्मा, बाबू दुर्गाप्रसाद खत्री तथा श्री शिवनाथप्रसाद बेरी वकील काल-कवलित हो चुके थे। डॉ. ब्रजमोहन परंपरा-निर्वाह के लिए दत्तचित्त तथा पूर्णत: समर्पित थे। शब्द-प्रयोग के साथ-साथ कोश-कार्य में संलग्नता हमारा व्यसन बन चुका था।

क्या देखते हैं कि गोष्ठी-कक्ष के द्वार पर दो विदेशी महानुभाव खड़े हैं और करबद्ध नमस्कार कर रहे हैं।

'आइए, विराजिए', कहकर मैंने उनका स्वागत किया।

आसन ग्रहण करने के बाद उन्होंने अपना परिचय देते हुए कहा, "हम दोनों हिंदी के विद्यार्थी हैं और जापान से आपके दर्शनार्थ आए हैं।"

'दर्शनार्थ' शब्द से मैं अवाक् रह गया, लेकिन बाद में उसका अर्थ मेरी समझ में अवश्य आया। वे मुझसे मिलने के लिए ही काशी पधारे थे। इतनी घोर वर्षा में भीगते-भीगते रिक्शे से आए थे और कल सुबह ही उन्हें लौट भी जाना था।

मैंने उनका परिचय डॉ. ब्रजमोहनजी से कराया। इसके बाद जब वे खुले तो पता चला कि उनमें से एक डॉ. तनाका जी हैं और दूसरे डॉ. सुजुकि। दोनों तोक्यो विश्वविद्यालय के विदेशी भाषा विभाग के प्रोफेसर हैं। एक हिंदी विभागाध्यक्ष तो दूसरे उर्दू विभागाध्यक्ष।

'चूरन-चटनी' (डॉ. ब्रजमोहन ने नाश्ते के लिए यही नाम रखा हुआ था) के बाद प्रो. तनाका जी ने मुझसे पूछा कि आपके जापान आने की कुछ संभावना है?

कुछ उत्तर दे पाता, इससे पहले ही वे कहने लगे—आपको देखकर मैं आश्चर्यचकित हूँ। हम आज से दस वर्ष पहले ही आपको बुलाना चाहते थे, परंतु हमारा उस समय अनुमान था कि आप 65-70 से कम नहीं होंगे। हमारे लिए बाध्यता थी कि साठ वर्ष से ऊपर के व्यक्ति को नहीं बुला सकते थे। हमारे पुस्तकालय में आपकी 19 पुस्तकें हैं। यही हमारे अनुमान का आधार रहा। मुझे अति प्रसन्नता है कि आप अभी पचास वर्ष के स्वस्थ युवा हैं तथा साहित्य-सेवा में निरत हैं।

फिर पत्राचार चला। प्रो. माचिदा भी मुझसे वचन लेने के लिए एक बार काशी आए और अंतत: 9 अगस्त, 1983 को जापान एयरवेज से पत्नी सहित तोक्यो के लिए रवाना हुआ। हमारा वायुयान जापानी समय के अनुसार सात बजे सायं नरीता हवाई अड्डे पर उतरा। नियमानुसार वीजा-जाँच के लिए यात्रियों की पंक्ति में हम लोग भी खड़े हो गए। एक जापानी अधिकारी मेरे पास आया और मेरे हाथ में बीजा संबंधी पीला प्रपत्र देखकर कहने लगा कि आप हमारे देश के अतिथि हैं, आप मेरे साथ-साथ आएँ। उसने हम दोनों की अटैचियाँ भी उठाकर हमें बस में बैठा दिया। किसी अधिकारी के मन में किसी अपरिचित के प्रति सेवा-सम्मान-कर्तव्यनिष्ठा का यह उदाहरण अकल्पनीय था। मानवीय सदाशयता का दिव्य दर्शन 'अतिथि देवो भव' की हुंकार भरनेवाले देशवासी के लिए परम सत्य था। हमने उस महानुभाव के प्रति मस्तक नवाया और उसे विदा दी।

बस ने हमें जहाँ उतारा, वह स्थल ऊँचे तल पर था। वहाँ से चल-सोपान द्वारा नीचे उतरना था। पहली बार जीवन में चलती सीढ़ी पर कुछ हिचकते-सहमते हुए हमने पैर रखा। जैसे ही नीचे उतरे, आवाज सुनी—कपूर जी, नमस्कार!

प्रो. तनाका जी और प्रो. माचिदा जी, दोनों सीढ़ी के ठीक बगल में खड़े थे। उन दोनों के मुखमंडल पर प्रसन्नता और मुसकराहट देखकर हम लोगों के आनंद का पारावार नहीं था।

हम लोग कुशल-मंगल के बाद टैक्सी द्वारा लंबा रास्ता तय करके किचिजोजी पहुँचे। यहीं मेरा निवास था। पूर्ण सुसज्जित। फोन, टीवी, गैस, बिजली, पानी, हीटर की पूरी व्यवस्था। जापानी भोजन का भी आनंद उठाया। विलंब हो चुका था। प्रोफेसर द्वय ने विदा ली और हम लोगों ने निद्रा की शरण।

सुबह उठकर मैं खिड़की के सामने खड़ा हुआ ही था कि सामने से आवाज आई—भारत से आए हैं?

'जी हाँ' कहने के साथ-साथ मैंने उन्हें नमस्कार किया।

ये डॉ. कॉक थे। इंग्लैंड के रहनेवाले और जापान में अंग्रेजी के अध्यापक। वे भारत में भी रह चुके थे, इसलिए हिंदी भी थोड़ी-बहुत बोल तथा समझ लेते थे। एक घंटे के बाद वे मेरे यहाँ पधारे और कहा कि कोई आवश्यकता या परेशानी हो तो मुझसे कहें। उनका व्यक्तित्व सौम्य था और अवस्था में मुझसे बड़े थे।

मैंने उनसे निवेदन किया कि आप जैसे आदरणीय महानुभाव के मार्गदर्शन से ही मेरा कल्याण संभव है। अभी हमारे हिंदी के प्रोफेसर तनाका जी आनेवाले हैं। घर-गृहस्थी का नए सिरे से जुगाड़ हो जाएगा। हाँ, 'समाचार-पत्र' की व्यवस्था करनी होगी।

डॉ. कॉक ने कहा—कल से आपको 'जापान टाइम्स' मिलने लगेगा। अभी आधा घंटा भी नहीं बीता था कि किसी ने घंटी बजाई। दरवाजा खोला तो एक जापानी युवक ने मेरा अभिवादन किया और मुझे एक तौलिया भेंट करते हुए कहा—'जापान टाइम्स'।

सामने बरामदे में डॉ. कॉक कह रहे थे—'ले लीजिए। यहाँ पहली मुलाकात में मुलाकाती को तोहफा दिया जाता है। कल से यह व्यक्ति आपको समाचार-पत्र दे जाया करेगा।'

9 बजे प्रो. तनाका जी और माचिदा जी आए। उनके साथ विश्वविद्यालय जाना था। वहाँ से विश्वविद्यालय की दूरी डेढ़ घंटे की थी। जापान में दूरी के लिए घंटा-मिनट का प्रयोग होता है। 15 मिनट (लगभग एक किलोमीटर) पैदल चलने के बाद लगभग दो गाड़ियाँ बदलीं, फिर ट्राम पर सवार हुए और तब जाकर विश्वविद्यालय पहुँचे। ठीक डेढ़ घंटा लगा।

हम लोग पहले ऑफिस में गए। वहाँ मुझे एक-दो प्रपत्रों पर हस्ताक्षर करने पड़े, फिर कुलपति से मिलना था। जैसे ही मैंने कुलपति के कक्ष में पैर रखा, वे अपनी कुरसी से उठे और पलक झपकते ही दरवाजे तक आ पहुँचे। मुझसे हाथ मिलाया और पूछा कि यात्रा में कोई कष्ट तो नहीं हुआ। पद-गरिमा और शिष्टाचार का यह जापानी उदाहरण भी मेरी आँखें खोलनेवाला था।

विश्वविद्यालय में उन दिनों छुट्टियाँ चल रही थीं, इसलिए कक्षा में जाने का कोई प्रश्न नहीं था। वहाँ से लौटते समय रास्ते में एक विशाल डिपार्टमेंटल स्टोर में हम लोग रुके। खाने-पीने की कुछ चीजें खरीदीं। स्टोर से कैसे वस्तुएँ ली जाती हैं और कैसे भुगतान किया जाता है, इसकी शिक्षा हमें मिली।

एक सप्ताह बाद विश्वविद्यालय खुला। प्रथम, द्वितीय तथा तृतीय वर्ष के विद्यार्थियों की कक्षाओं में प्रो. तनाका जी मुझे अपने साथ ले गए। मेरा परिचय विद्यार्थियों से कराया और साथ ही यह भी कहा कि इनकी पत्नी भी यहाँ आई हैं। बहुत अच्छा खाना बनाती हैं। आप लोगों को भी अच्छी-अच्छी चीजें खाने का अवसर मिलेगा। ऐसा मैं अपने एक सप्ताह के अनुभव से कह रहा हूँ।

विद्यार्थियों ने प्रो. तनाका से यह पूछा कि इन्हें हम कैसे संबोधित किया करें।

तनाका जी ने कहा कि इन्हें 'कपूर जी' कह सकते हैं।

विद्यार्थियों में हिंदी के प्रति अथाह उत्साह था। दो-तीन सप्ताह में ही पहले वर्ष के विद्यार्थी वर्णमाला सीख लेते थे और वर्ण जोड़कर पढ़ने की कोशिश भी करने लगते थे। कुछ लिखते थे तो ऐसा लगता था कि जैसे मोती पिरोए हों। उन्हें हिंदी बोलने का अभ्यास और वाक्य-रचना का अभ्यास साथ-साथ कराया जाता था।

दूसरी कक्षा के विद्यार्थियों को नाटक पढ़ाना होता था। नाटक के संवाद वार्त्तालाप की कला की जानकारी देते हैं। एक ही संवाद की हर विद्यार्थी से बारी-बारी से आवृत्ति कराने पर वह संवाद हर विद्यार्थी को स्मरण हो जाता है। परिणाम जो दिखाई पड़ा, वह यह कि अनेक विद्यार्थियों को नाटक के सभी संवाद आरंभ से अंत तक याद हो जाते हैं।

वार्षिक उत्सव विश्वविद्यालय में नवंबर के महीने में मनाया जाता है। इस अवसर पर दूसरी कक्षा के विद्यार्थियों को नाटक का मंचन भी करना होता है। वे आपस में बैठकर पात्रों का चुनाव कर लेते हैं। भूमिकाओं के आवंटन में उनकी सूझ-बूझ की प्रशंसा करनी पड़ती है। वे उस समस्त सामग्री को भी जुटा लेते हैं, जिसकी अभिनय के समय आवश्यकता होती है। साड़ी-ब्लाउज, धोती-कुरता, टोपी-पगड़ी, बिंदी-चूड़ियाँ, बीड़ी-हुक्का, तलवार, बालटी-लोटा आदि-आदि।

मेरे आश्चर्य का तो उस समय ठिकाना ही न रहा, जब मैंने वान की चारपाई, बाँस की सीढ़ी और रस्सी का फंदा देखा। नाटक का रिहर्सल विद्यार्थी स्वत: करते हैं। मेरे तीन वर्षों के कार्यकाल में तीन नाटक खेले गए—उपेंद्रनाथ अश्क कृत 'जोंक', भारतेंदु कृत 'अंधेर नगरी चौपट राजा' और डॉ. राजकुमार वर्मा कृत 'एक्ट्रेस'।

कथनोपकथन, रंग-मंच सज्जा, प्रकाश-व्यवस्था तथा निर्देशन-क्षमता की दृष्टि से विद्यार्थियों का प्रयास प्रशंसनीय रहा।

तृतीय वर्ष के विद्यार्थियों के लिए किसी जीवनी को उन दिनों वरीयता दी जाती थी। डॉ. हरिवंशराय 'बच्चन' की आत्मकथा 'क्या भूलूँ क्या याद करूँ' हमारे अध्ययन-अध्यापन की सामग्री रही। भारतीयों की पहचान, उनका रहन-सहन, उनकी वेशभूषा, उनकी चाल-ढाल, उनके रीति-रिवाज, परिवार जनों के पारस्परिक संबंधों, उनकी शिक्षा तथा संस्कारों, विभिन्न सामाजिक परिस्थितियों और गति-विधियों का विस्तृत परिचय तो यह पुस्तक देती ही है तथा भाषा का जीवंत, सरल और सुखद स्वरूप भी उपस्थित करती है।

दूसरे वर्ष के विद्यार्थी संवाद-अभ्यास के बाद तीसरे वर्ष में हिंदी में बातचीत करने लगते हैं और साथ ही 'गोदान', 'चित्रलेखा', 'जहाज का पंछी' आदि कुछ अन्य प्रसिद्ध पुस्तकों में भी रस लेने लगते हैं।

विश्वविद्यालय का अपना बहुत बड़ा पुस्तकालय है, जिसका एक खंड हिंदी पुस्तकों से अलंकृत है। तीसरे वर्ष के प्राय: सभी विद्यार्थी इस पुस्तकालय में नियमित रूप से जाते थे। हिंदी प्रकाशन की लखनऊ की एक संस्था 'नवल किशोर प्रेस' के नाम से कभी प्रसिद्ध थी। यह बात बीसवीं शताब्दी के आरंभिक दशकों की है। उसकी प्रकाशित छह सौ से अधिक पुस्तकें यहाँ वर्तमान हैं, जबकि भारत के किसी पुस्तकालय में उसकी दो-चार पुस्तकें भी आज उपलब्ध नहीं होंगी। प्रो. दोई जी, तनाका जी तथा माचिदा जी ने हिंदी पुस्तकालय की समृद्धि में अत्यंत परिश्रमपूर्वक योगदान किया है।

प्रो. दोई जी हिंदी विभाग के पूर्व अध्यक्ष थे। इंजीनियरिंग की पढ़ाई करते हुए विद्यार्थी तनाका जी को खींचकर हिंदी अध्यापन से जोड़ने का श्रेय उन्हीं जैसे अंतर्दृष्टि-संपन्न व्यक्ति को जाता है। वे डॉ. हरदेव बाहरी के शिष्य थे, इस नाते मेरे गुरुभाई हुए। दुर्भाग्यवश मुझे उनके दर्शन न मिल सके। उनका जुलाई 1983 में (मेरे जापान पहुँचने से एक मास पूर्व) निधन हो गया था। चालीसवें दिन के आयोजन में मैं प्रो. तनाका जी के साथ उनके निवास पर गया था और श्रीमती दोई के प्रति संवेदना व्यक्त की थी।

यदि कहूँ कि तनाका जी तनाका जी ही हैं तो अत्युक्ति न होगी। गोस्वामी तुलसीदास के संत-परिचय के संबंध में कही हुई निम्नलिखित दो चौपाइयाँ प्रो. तनाका पर ठीक उतरती हैं—

निज गुन श्रवन सुनत सकुचाहीं। पर गुन सुनत अधिक हरषाहीं॥
सम सीतल नहिं त्यागहिं नीति। सरल सुभाउ सबहिं सन प्रीति॥

काशी के अधिकतर संस्कृत के महान् विद्वानों के संबंध में बहुत पहले से सुनता आ रहा हूँ कि अथाह ज्ञान के धनी होते हुए भी वे कागज पर कुछ नहीं उतारते। इसे विद्वत्ता की पहचान और श्लाघनीय गुण कहा जाए तो यह प्रो. तनाका जी में भी विद्यमान हैं। वे सक्षम विद्वान्, चिंतक, अध्यापक और वक्ता हैं। सौम्यता और शिष्टाचार की प्रतिमूर्ति हैं। उत्तम मित्र और सहयोगी हैं, और सबसे बढ़कर हिंदी के परम हितैषी हैं।

प्रो. माचिदा जी उस समय युवा थे, परंतु कुशल और परिपक्व अध्यापक थे। वे अत्यंत जागरूक अध्येता भी थे। नित्य ही उन्हें दोनों हाथों में पुस्तकों की अच्छी-खासी गड्डी उठाए हुए पुस्तकालय से आते-जाते देखता था। जब कभी भाषा संबंधी कोई अड़चन या दुविधा उनके सामने आती थी तो उसकी चर्चा मुझ से निस्संकोच करते थे। उनकी विनम्रता का महत् रूप देखकर मैं उस दिन पानी-पानी हो गया, जब उन्होंने कहा कि कपूर जी, आप उम्र में मेरे पिता के समान हैं और ज्ञान में मेरे दादा के समान।

दो वर्ष का अनुबंध जब पूरा होने को आया तो प्रो. तनाका जी ने मुझसे कहा कि मेरे पास भारत से दर्जनों पत्र आए हैं। सभी लोग हमारे इस विश्वविद्यालय में आना चाहते हैं और हम निवेदन करते हैं कि आप अधिक-से-अधिक यहाँ रहें।

फिर मेरे वीजा का दो वर्ष के लिए नवीनीकरण कराया गया। कुछ संयोग ही कहिए कि दूसरे कार्यकाल में अभी आठ महीने ही व्यतीत हुए थे कि मेरा रक्तचाप बहुत बढ़ गया। औषधि सेवन से भी शमित न हुआ। जापान से अनिच्छित विदा लेनी पड़ी।

विश्वविद्यालय में अप्रैल, 1986 के पहले सप्ताह में विदाई-समारोह हुआ। विद्यार्थियों की आँखों में आँसू देखकर मुझे भी कष्ट हुआ। उन्होंने कहा कि कपूरजी, यदि आप रुकना चाहें तो हम कुलपति से प्रार्थना करते हैं कि वे आपको रोक लें।

मैंने उन्हें सांत्वना देते हुए कहा कि ऐसी बात नहीं है। मैं अपने स्वास्थ्य से निराश हूँ। मेरी विवशता ही मुझे जाने के लिए बाध्य कर रही है।

जापान से लौटे अभी कुछ ही दिन हुए थे कि डॉ. इंदुजा अवस्थी का पत्र मिला। वह मेरे स्थान पर विश्वविद्यालय में आई थीं। उन्होंने लिखा कि यह पत्र बिना लिखे, मैं रह न सकी। आज दूसरी कक्षा में पहली बार गई थी। मैंने विद्यार्थियों से कहा कि मुझे कुछ लिखकर दिखाएँ कि आप कैसी हिंदी लिखते हैं। उन्होंने

आगे लिखा कि मैं यह देखकर दंग रह गई कि हर विद्यार्थी ने एक ही वाक्य लिखा कि कपूरजी बहुत अच्छे थे। साथ ही डॉ. अवस्थी ने यह भी लिखा कि भारत आऊँगी तो आपसे मिलूँगी और देखूँगी कि आप कितने अच्छे हैं। वे एक वर्ष बाद जब भारत आईं, तो मेरे निवास-स्थान पर भी कृपापूर्वक आई थीं।

सन् 1984 में प्रख्यात साहित्यकार 'अज्ञेय' जी दो दिन के लिए तोक्यो आए थे। तनाका जी तथा अन्य अध्यापकों ने उनका स्वागत किया था। वे पहले भी जापान आ चुके थे। कुछ दर्शनीय स्थलों को पुन: देखने की उनकी इच्छा की। असम के प्रतिष्ठित साहित्यकार पद्मभूषण वीरेंद्रकुमार भट्टाचार्य भी इस बार उनके साथ थे। प्रो. तनाका जी और मैंने उनके साथ कई पर्वतीय स्थलों का भ्रमण किया।

अपने तीन-पौने तीन वर्ष के कार्यकाल में मुझे अपने विद्यार्थियों का पूरा सहयोग मिला। अध्यापन काल में कुछ क्षण ऐसे भी आए, जब अभ्यासरत विद्यार्थियों के मुखमंडल पर चमक और संतोष की सुखद अनुभूति हुई। लगा कि गुरु-शिष्य परंपरा का निर्वाह हुआ है।

विद्यार्थी प्राय: हर रविवार को दो-चार या दस-बारह की टोली बनाकर हमारे घर किचिजोजी आते थे। दिन भर रहते थे। भारतीय-व्यंजन उन्हें भाते थे। उनकी प्रसन्नता हमारी प्रसन्नता को द्विगुणित करती थी। यह उनकी आत्मीयता ही थी कि कई दर्शनीय स्थलों को देखने की जब इच्छा व्यक्त की तो वे हमारे साथ हो लिए। अब भी उनमें से कुछ पत्र-व्यवहार करते हैं और भारत आने पर 'शब्दलोक' में आते भी हैं। विद्यार्थियों के हृदय में मुझे जो स्थान मिला, वह संभवत: शब्दब्रह्म की उपासना का पुरस्कार ही था।

□

कामाकुरा के गौतम बुद्ध

(भगवान् बुद्ध की 44 फुट ऊँची एवं 93 टन वजनी कांस्य प्रतिमा)

काशी को जैसे बाबा विश्वनाथ की नगरी कहते हैं, वैसे यदि कामाकुरा (जापानी नगरी) को भगवान् बुद्ध की नगरी कहा जाए तो कदाचित् अत्युक्ति न होगी। यहाँ महात्मा बुद्ध के पैंसठ मंदिर हैं। शिंतो धर्मावलंबियों के भी यहाँ उन्नीस श्राइन हैं। 'श्राइन' अंग्रेजी का शब्द है—देवालय के लिए। इस प्रकार हम कह सकते हैं कि यह नगरी दोनों धर्मावलंबियों के लिए तीर्थस्थली है, परंतु बुद्ध की विशाल कांस्य मूर्ति के कारण यह नगरी अंतरराष्ट्रीय तीर्थ बन चुकी है।

कामाकुरा समुद्र तट पर बसी नगरी है। इसके एक ओर प्रशांत महासागर हिलोरें ले रहा है और तीन ओर पर्वत चोटियाँ इसे रमणीकता प्रदान कर रही हैं। इस सांस्कृतिक नगरी का आकर्षण बढ़ाने में भी निश्चय ही प्राकृतिक छटा सफल हुई है।

कामाकुरा मेलगाड़ी से टोकिया से कोई घंटे-सवा घंटे का रास्ता है। कामाकुरा स्टेशन से दस मिनट में आप 'दाईबस्तु' पहुँच जाएँगे। 'दाई' का अर्थ है—महा, और 'बस्तु' से अभिप्राय है—बुद्ध। 'दाईबस्तु' का अर्थ हुआ—महाबुद्ध। यही कामाकुरा का सबसे बड़ा बुद्ध मंदिर है। आइए, आप भी मेरे साथ महाबुद्ध के दर्शन करने चलें।

बहुत बड़ा मैदान है, हरे-भरे वृक्षों से सुसज्जित। बाईं ओर ऊँचा पर्वत शिखर है। सामने एक विशाल चबूतरा है, कम-से-कम दस फुट ऊँचा। इसी चबूतरे पर अति विशाल 44 फुट ऊँची भगवान् बुद्ध की चमचमाती कांस्य मूर्ति पालथी मारे, हाथ जोड़े, जरा-सा मस्तक नवाए, चिंतन की मुद्रा में शांत-निर्विकार रूप में विराजमान है। लंबे कान, नुकीली नाक, अर्धवृत्ताकार भौंहें मूर्ति को सजीवता और अलौकिक रूप प्रदान कर रही हैं। बर्फ गिर रही है तो भी पचासों श्रद्धालु उस महामानव के आगे श्रद्धापूर्वक नमन कर रहे हैं, कुछ अगरबत्तियाँ जला रहे हैं, कुछ अपनी कमाई का नगण्य-सा अंश दानपात्र में डाल रहे हैं, कुछ मन-ही-मन प्रार्थना कर रहे हैं। आइए, हम भी अपना प्रणाम निवेदित करें और 2 मिनट मौन

रहकर अपने श्रद्धा-सुमन चढ़ाएँ।

44 फुट ऊँची इस विशाल मूर्ति का वजन 93 टन है। मानवीय श्रम, विचक्षणता और कलाकारिता का विरल सम्मिश्रण इसे कह सकते हैं। प्रतिवर्ष यहाँ 17 अगस्त को स्थापना दिवस मनाया जाता है और धूमधाम से समारोह होता है।

इस मूर्ति का इतिहास भी अत्यंत रोचक है। साढ़े सात सौ वर्ष पहले एक जापानी महानुभाव बाला इदानोनो त्सूबोने के मन में कल्पना जाग्रत् हुई कि बुद्ध की एक विशाल प्रतिमा बनाई जाए। जोको नामक बौद्ध भिक्षु ने बाला की कल्पना को साकार रूप देने में पूरा सहयोग किया और पूरे जापान में घूम-घूमकर चंदा इकट्ठा किया। कर्पूर वृक्ष की लकड़ी की प्रतिमा सन् 1245 में बनाई गई और यहीं उसकी स्थापना की गई। सन् 1248 में तूफान आया और मूर्ति को बहा ले गया।

फिर निश्चय हुआ कि मूर्ति इस बार काँसे की बनाई जाए, फिर चंदा इकट्ठा किया गया और मूर्ति ढाली गई। यह तो आप जान ही गए हैं कि इस मूर्ति की ऊँचाई 44 फुट है और वजन 93 टन। चेहरा पौने आठ फुट लंबा है। आँखों की लंबाई सवा तीन फुट और कानों की साढ़े 6 फुट है। दोनों घुटनों के बीच की दूरी 30 फुट है। हाथ के अँगूठे की गोलाई पौने तीन फुट है। सिर पर बालों के 656 छल्ले हैं और माथे पर जो छल्ला दिखाई दे रहा है, वह शुद्ध चाँदी का है और उसका वजन 14 किलोग्राम है। इसे 'त्रिनेत्र' कह सकते हैं।

ताँबे के मोटे चौकोर पत्तरों को जोड़-जोड़कर इस मूर्ति को बनाया गया है। ये जोड़ ऊपर से तो दिखाई नहीं देते, क्योंकि ऊपर से जो रगड़ाई और मँजाई हुई है, उसकी जितनी प्रशंसा की जाए थोड़ी है, परंतु मूर्ति के भीतर प्रवेश की सुविधा है। अंदर से मूर्ति का जोड़-जोड़ दिखाई देता है। मूर्ति भीतर से खोखली है। दुतल्ला जीना लगा है। आप ऊपर तक जा सकते हैं। मूर्ति के भीतर श्रद्धालुओं के बैठने के लिए एक अच्छा-खासा चबूतरा बना हुआ है।

सन् 1495 में यहाँ बहुत बड़ा तूफान आया था। चबूतरा तो बचा रहा, पर मूर्ति बह गई। बाद में मूर्ति खोज निकाली गई। पुनः स्थापित की गई। सन् 1923 में अत्यंत विकराल और विनाशक भूकंप आया था। इस बार चबूतरा ढह गया, परंतु मूर्ति सुरक्षित रही। पुनः चबूतरा बनाया गया और मूर्ति को प्रतिष्ठित किया गया।

सन् 1495 से यह मूर्ति इसी तरह धूप-पानी में एक रूप रहकर संसार को विश्व-शांति और सहिष्णुता का संदेश दे रही है।

□

जापान की सांस्कृतिक राजधानी–क्योटो

टोक्यो 1868 से जापान की राजधानी है। इससे पहले क्योटो ही राजधानी थी। वैसे तो यह आज के अत्यंत समृद्ध तथा आधुनिक नगरों में से एक है, परंतु इसकी सबसे बड़ी विशेषता यह है कि यहाँ जापान के एक हजार वर्ष के इतिहास, संस्कृति, कला, राजनीति आदि की गौरवमय सजीव झाँकी अब भी आपको मिल जाएगी। यहाँ हजारों दर्शनीय स्थल हैं—एक-से-एक बढ़कर। बड़े-बड़े उद्यान, बड़े-बड़े मंदिर और बड़े-बड़े किले। जापानवासियों की प्रशंसा करनी होगी कि उन्होंने अपने इन ऐतिहासिक महत्त्व के स्थलों की रक्षा बड़े मनोयोग तथा पूरी निष्ठा से की है।

जापान का यही नगर है, जहाँ बौद्ध धर्म पनपा, यहाँ के प्राचीन शिंतो धर्म को आत्मसात् किया और जापान का राजधर्म बन गया। धर्म-पुरोहितों ने हजारों की संख्या में अपने विहार और अद्‍भुत मंदिर यहाँ स्थापित किए। अपने एक दिन के प्रवास में मैंने चार मंदिर देखे।

चलिए आपको 'रोकुआन जी' ले चलूँ। 'जी' बौद्ध मंदिर को कहते हैं। 'रोकुआन जी' का अर्थ हुआ—रोकुआन नामक बौद्ध मंदिर। इस मंदिर के पीछेवाले अहाते में एक बहुत ही सुंदर जलाशय है, जिसमें तट पर स्थित स्वर्ण भवन का अत्यंत मनोरम प्रतिबिंब दिखाई देता है। स्वर्ण भवन अत्यंत सुंदर है और तीन मंजिले पगोड़े के रूप में है। इस स्वर्ण भवन का जापानी नाम है 'किनकाकु जी'। पूरा भवन लकड़ी का है और ऊपर से स्वर्ण-पत्र मढ़े हुए हैं। इसका निर्माणकाल चौदहवीं शताब्दी है, परंतु वर्तमान भवन मूल रचना नहीं। 1950 में इसके अर्धविक्षिप्त बौद्ध पुजारी ने ही उसमें आग लगा दी थी। 1955 में यह फिर से बनाया गया, हूबहू मूल कृति जैसा। जलाशय का नाम दर्पण जलाशय (क्योकीची) है।

आइए अब 'सान जू सान गेनदो' चलें। शब्दार्थ है—तैंतीस खंडवाला हॉल। जरा ध्यान दीजिए—390 फुट लंबा और 54 फुट चौड़ा हॉल है। बीचोबीच लंबाई के बल 34-34 खंभों की आगे-पीछे पंक्तियाँ हैं, जिन पर छत आश्रित है। 34 खंभों से हॉल 33 खंडों में विभाजित हो जाता है। 33 की संख्या का संभवत: यह कारण है कि अवलोकितेश्वर (बुद्ध) 33 विभिन्न रूप धारण करके संसार के प्राणियों की रक्षा करते हैं।

ध्यानावस्थित भगवान् बुद्ध अवलोकितेश्वर की विशाल प्रतिमा हॉल के ठीक मध्य में है, जिसके 11 मुँह और 1 हजार 1 हाथ हैं तथा यह 11 फुट ऊँची भी है। वस्तुत: हाथ 21 जोड़े हैं, परंतु मान्यता कुछ ऐसी चल पड़ी है कि एक हजार हाथ माने जाते हैं। इस प्रधान प्रतिमा के दोनों ओर एक हजार और बुद्ध-मूर्तियाँ हैं (कुल 1001), जो सैकड़ों पंक्तियों में पंक्तिबद्ध खड़ी हैं। इन सभी मूर्तियों की ऊँचाई लगभग आदमकद (5 फुट 5 इंच) है। ये हैं तो सभी लकड़ी पर खुदी मूर्तियाँ और ऊपर से स्वर्णपक्षों से मढ़ी हुई। बड़ा ही भव्य दृश्य है। मस्तक श्रद्धा से सहज ही झुक जाता है।

इतिहास के इस विलक्षण मंदिर का निर्माण 12वीं शताब्दी में हुआ था। 13वीं शताब्दी के मध्य में हॉल जलकर राख हो गया था। फिर 13वीं शताब्दी में (संभवत: 1266 सन् में) पुन: हॉल का निर्माण हुआ और ठीक पहले जैसे हॉल के अनुकरण पर। इसी हॉल में अन्य भारतीय देवी-देवताओं की भी लकड़ी की अनेक मूर्तियाँ हैं।

आइए, अब आपको 'कियोन मिज' मंदिर ले चलें। यह मंदिर एक ऊँचे पहाड़ की चोटी पर स्थित है। यहाँ बुद्ध की ग्यारह मुखों तथा हजार हाथोंवाली विशाल प्रतिमा है। यहाँ के लोगों की ऐसी मान्यता है कि भगवान् बुद्ध की इस मूर्ति के दर्शनों से गर्भवती स्त्रियों को प्रसव सहज रूप से होता है। इस विचार से अनेक गर्भवती स्त्रियाँ तथा उनके परिवार के सदस्य प्राय: आते ही रहते हैं। चढ़ावा भी खूब चढ़ता है। पर्यटकों के लिए यह सबसे प्रिय स्थल है।

लकड़ी से बना इसका विशाल बरामदा इस मंदिर की सबसे बड़ी विशेषता है, जो जमीन से 164 फुट ऊँचा है और लकड़ी के विशाल खंभों (देवदार के तनों) पर टिका हुआ है। वहाँ एक सोते से जल गिरता है, जिसे लोग कप में भर-भर पीते हैं। कहा जाता है कि एक कप जल पीने से एक वर्ष आयु बढ़ जाती है।

आइए, आपको 'व्योदो-इन' ले चलें। यही एक ऐसा मंदिर है, जो अपने प्राकृतिक रूप में बचा है, जबकि अन्य सभी मंदिर कई बार जले और कई बार बने

हैं। यहाँ अमिताभ (भगवान् बुद्ध) की लकड़ी की बनी प्रतिमा है, जिसमें कभी हीरे-मोती जड़े थे। अब उसमें कोई हीरा या मोती नहीं रह गया है। इस मूर्ति के ऊपर बहुत ही सुंदर छतरी बनी हुई है, जो भव्य तो है ही, बड़ी कलापूर्ण भी है।

जिस हॉल में उक्त मूर्ति रखी हुई है, वह वस्तुतः एक पूर्व प्रधानमंत्री का आवास था। बाद में (सन् 1052 में) इसे मंदिर का रूप दे दिया गया। इसे 'हो-दो' अर्थात् 'अमर पक्षी' का हॉल कहते हैं। भवन के ऊपर उक्त पक्षी की मूर्ति है। वस्तुतः यह भवन जापान की प्राचीन स्थापत्य कला का अत्यंत उत्कृष्ट नमूना है। □

जापानी दुकानदारी

हर दुकानदार अपने ग्राहक को खुश रखना चाहता है। जैसा कि हम लोग जानते हैं कि सबसे कुशल दुकानदार हमारे देश में वह समझा जाता है, जो मात्र बातों से अपने ग्राहक को वश में करके मूँड़ लेता है। दूसरी श्रेणी में वे दुकानदार आते हैं, जो कमीशन या छूट देकर और उससे अपनत्व जोड़कर अपना उल्लू सीधा करते हैं। तीसरी श्रेणी में वे दुकानदार आते हैं, जो जैसा ग्राहक देखते हैं वैसा दाम बताते हैं। ग्राहक को खुश करने की यह भी बहुत बड़ी कला है।

परंतु जापान में दुकानदारी का ढंग कुछ अलग है। यहाँ किसी भी दुकान पर चले जाइए, आपको दुकान की हर चीज पर दाम लिखा हुआ मिलेगा। यहाँ की दुकान क्या है, एक तरह की छोटी-मोटी प्रदर्शनी होती है। जितनी भी चीजें होती हैं, सभी सामने और खुली होती हैं। आप चाहे जिस चीज को उठाएँ, चाहे जिसको उलटें-पलटें, आपको कोई कुछ कहनेवाला नहीं।

किसी खिलौने की दुकान पर चले जाइए। क्रम से सभी खिलौने रखे होंगे। आप हों या आप के नन्हे-मुन्ने हों, उनसे खेल सकते हैं। दुकानदार कभी आपके पास यह कहने नहीं आएगा कि ऐसे नहीं ऐसे रखें या कहीं खिलौना टूट न जाए। यदि आपका नन्हा-मुन्ना वहाँ घंटों भी खेलता रहे तो किसी को आपत्ति नहीं होगी। हमारे देश में यदि खिलौने को छुआ भर जाता है तो दुकानदार कहता है कि छुइए नहीं, टूट जाएगा। यह ठीक है कि कुछ चीजें नाजुक होती हैं, वे टूट जाती हैं, परंतु उस दुकानदार का आत्मविश्वास तो देखिए कि जिस चीज से बच्चों को खेलना है, वह अगर छूने भर से टूट जाएगी तो उसे फिर बच्चे लेंगे ही क्यों? बच्चे खेलकर खुश हों तो निश्चय ही खिलौना लेना पसंद करेंगे।

जापान में जब आप कोई चीज पसंद करने में प्रवृत्त होते हैं तो दुकानदार कभी आपको राय देने नहीं आएगा कि आप यह लें या वह लें। चयन आपकी मरजी पर है, वह कभी आप पर प्रभाव नहीं डालेगा। संभवतः उसे इतना विश्वास

है कि जो ग्राहक दुकान पर कुछ लेने के लिए आया है, वह कुछ लेकर ही जाएगा, खाली हाथ नहीं। उसके मन में यह बात है ही नहीं कि ग्राहक कोई सस्ती वस्तु न खरीदकर कोई दूसरी महँगी वस्तु खरीदे। वह यह समझता है कि ग्राहक अपनी इच्छा तथा औकात के अनुसार ही कुछ खरीदकर प्रसन्न होता है। यदि कुछ लोग सस्ती चीजें खरीदते हैं तो महँगी चीजें खरीदनेवाले भी निरे हैं।

जो-जो चीजें आपको पसंद हों, उठा लीजिए। उन पर जो दाम लिखा है, वही दुकानदार या विक्रेता आपसे लेगा, मोल-भाव नहीं, कमीशन नहीं। पूरे जापान में एक बाजार (अकिया बारा) अवश्य ऐसा है, जहाँ बिजली से संबद्ध सभी तरह के उपकरण मिलते हैं और जहाँ मोल-भाव होता है। संभवत: यहाँ विदेशी लोग ही अधिकतर आते हैं और वे अपने स्वभाव के दास होने के कारण बिना कुछ दाम घटवाए मान ही नहीं सकते।

दुकान में घुसते ही आपके कानों में बड़ी ही मधुर आवाज आएगी—'इराशाइमासे' जिसका आशय है—आपका स्वागत है। फिर जिस भी कक्ष या मेज पर आप जाएँगे, वहाँ यदि कोई विक्रेता होगा तो वह भी आपके स्वागत में 'इराशाइमासे' कहेगा। आप जब कोई चीज पसंद करके उसके आगे रखते हैं तो वह आपको अत्यंत आदरपूर्वक 'दोमो आरिगातो' अर्थात् धन्यवाद कहेगा। फिर वह आपके सामान को बहुत ही सुंदर ढंग से तथा बहुत ही सुंदर कागज में पैक करेगा, प्लास्टिक के या किसी अन्य आकर्षक थैले में पुन: धन्यवाद देते हुए आपको थमाएगा।

आप चाहे कोई छोटी-से-छोटी चीज खरीदें, वह आपको पैक करके ही देगा। मान लीजिए आपने एक पेंसिल या एक पुस्तक खरीदी है तो वह भी आपको पैक ही मिलेगी। पेंसिल को वह छोटे पतले लिफाफे में रखकर देगा। पुस्तक पर कवर चढ़ाकर देगा और थैले में डालकर देगा।

मुझे वह दिन याद है, जब मैं टोक्यो आया था। मैंने अपने पड़ोसी एक अंग्रेज अध्यापक से अंग्रेजी समाचार-पत्र की व्यवस्था कर देने के लिए कहा। कुछ देर बाद एक लड़का (अखबारवाला) मेरे यहाँ आया था। उसके हाथ में एक तौलिया और दो-तीन किलो का कपड़ा धोनेवाले पाउडर का डिब्बा था। वह मुझे भेंट कर रहा था। मैं नहीं ले रहा था, तभी वे अंग्रेजी अध्यापक दिखाई पड़े और बोले कि जापान की यह परंपरा है कि जब भी कोई किसी के यहाँ जाता है तो भेंट लेकर ही जाता है।

यही नहीं, जब मैं यहाँ एक जापानी बैंक में खाता खोलने गया था तो वहाँ भी

मुझे रूमालों का एक पैकेट उपहार में मिला था और उसके बाद जब भी रुपया निकालने या जमा करने के लिए वहाँ गया तो रूमालों का पैकेट मिला। रूमाल यद्यपि पतले कागज के होते हैं, परंतु भेंट तो भेंट ही होती है। एक दिन उसी बैंक के अधिकारी मेरे घर आए थे एक तौलिया और रूमालों का एक पैकेट भेंट कर गए। संभवत: इसलिए कि मेरा खाता वहाँ चलते एक वर्ष पूरा हो गया था।

तोक्यो यद्यपि अंतरराष्ट्रीय नगर है, फिर भी विश्व भर का सामान यहाँ मिले ही, जरूरी नहीं। भारतीयों को आटा-दाल यहाँ आसानी से सुलभ नहीं होता। तोक्यो से 5 सौ मील दूर कोबे नगर है, जहाँ भारतीयों की अच्छी-खासी बस्ती है। वहाँ भारतीय रसोई का सामान मिल जाता है। आप आज फोन कीजिए और कल शाम तक आपके घर आदमी सामान लिए पहुँच जाएगा। वह आपसे एक कागज पर दस्तखत करवा लेगा कि सामान मिल गया है। बिल आपको सामान के ऊपर रखा हुआ मिलेगा। मूल्य आप जब चाहें भेजें। विश्वास और नेकचलनी का कैसा अद्‌भुत उदाहरण है।

वैसे तो ग्राहक को जल्दी दुकानदार से शिकायत नहीं होती, फिर भी यदि उसने अपनी भूल से कोई गलत सामान ले लिया है या उसके काम का नहीं है तो वह दुकान पर वापस कर सकता है। यह उसकी इच्छा पर है कि पैसा वापस ले या बदले में कोई और चीज ले।

यहाँ के दुकानदारों की नीयत देखकर सचमुच आश्चर्यचकित रह जाना पड़ता है। वे कभी आपको न ठगने की सोचेंगे, न आपको किसी प्रकार के धोखे में ही रखेंगे। हम भारतीय अपनी सभ्यता और संस्कृति का जितना डंका पीटते हैं, उसका दसांश भी अपने व्यवहार में चरितार्थ कर पाते तो आज हम भी कहाँ-से-कहाँ होते।

□

वर्ष के प्रथम दिन सूर्य का प्रथम दर्शन

जापान में नववर्ष

ईसाइयों के लिए 'क्रिसमस' का, हिंदुओं के लिए 'दीपावली' का, मुसलमानों के लिए 'ईद' का जैसा महत्त्व होता है, वैसा ही महत्त्व जापानवासियों के लिए नववर्ष का होता है। हजारों की संख्या में लोग सूर्योदय से पूर्व ही समुद्र-तट पर पहुँच जाते हैं। 31 दिसंबर 1984 को टोकियो में हिमपात हुआ था। पहली तारीख को भी कड़ाके की सर्दी थी, परंतु नववर्ष प्रेमियों के लिए वह बाधक सिद्ध नहीं हुई। अधेड़ तथा युवा ही नहीं, छोटे-छोटे बालक भी सूर्य के प्रथम दर्शन के लिए—पूर्व दिशा की ओर हाथ जोड़े तथा मस्तक झुकाए खड़े थे। तरह-तरह के बाजे तथा ढोल अपने-अपने स्वरों से वातावरण में गरमाहट ला रहे थे।

जो लोग दूरदर्शन पर उक्त दृश्य देख रहे थे, वे भी कम भाग्यशाली नहीं थे। उन्हें सूर्योदय के पूर्व ही सूर्य का दर्शन उपग्रह संचार व्यवस्था के माध्यम से कराया गया था। ऐसा लग रहा था कि दो फड़फड़ाते हुए होंठ नववर्ष के आगमन का उद्घोष कर रहे हों। फिर जैसे ही भगवान् भास्कर क्षितिज पर उदित हुए, हजारों कंठ उनकी स्तुति करने लगे। उस समय ऐसा लग रहा था कि सचमुच नारायण ही सम्मुख खड़े हों। गुणा का चिह्न तो आप जानते हैं। दोहरी रेखाओं के गुणा चिह्न के ठीक बीच में दो सीधी रेखाएँ थीं और चारों ओर किरणें फूट रही थीं। बाल रवि का यह अविस्मरणीय चित्र मेरे लिए नया था। उन हजारों दर्शकों की तरह मैं भी अपने को परम धन्य समझ रहा था।

सभी तो नहीं, परंतु तब भी काफी संख्या में लोगों ने बर्फ के समान ठंडे समुद्र जल में स्नान किया। उस समय भी ऊँची-ऊँची लहरें समुद्र-तट को थपथपा रही थीं।

ऐसा कहा जाता है कि जापान के लोग नास्तिक हैं और प्रायः जापानी लोग भी इस तथ्य को स्वीकार करते हैं, परंतु उनमें श्रद्धा और विश्वास की जो अटूट

भावना है, वह कुछ और ही कहती है।

सूर्योदय के पहले से ही, बल्कि रात के बारह बजे से लोग देवालयों में दर्शनों के लिए जाने लगते हैं और यह ताँता तीन दिनों तक अर्थात् 72 घंटे तक लगा रहता है। आप शायद ही अनुमान कर सकें कि नववर्ष के अवसर पर कितने लोगों ने विभिन्न मंदिरों में दर्शन किया होगा। तोक्यो के श्राइन में 40 लाख व्यक्ति गए थे और कावासाकी के दाईशी मंदिर में 32 लाख से अधिक। जापान के अन्य तीन प्रमुख देवालयों—चीबा के नारीटासान शिनशोजी मंदिर; ओसाका के सूमीयोशी श्राइन तथा क्योटो के फूशीमी ताईशा श्राइन में भी लगभग तीस-तीस लाख दर्शनार्थी पहुँचे थे। जापान की 11 करोड़ की आबादी में से 8 करोड़ अर्थात् 80 प्रतिशत लोगों ने देव-दर्शन किए।

टोकियो के मेजी श्राइन का उद्यान कई वर्गमील में फैला हुआ है। वर्तमान सम्राट् के दादा के नाम पर इसका नामकरण हुआ है। श्राइन में मूर्ति नहीं होती। तीन चीजें होती हैं—एक शीशा, एक तलवार और एक रत्न। ऐसा कहा जाता है कि यही तीन चीजें नए सम्राट् को उत्तराधिकार में मिलती हैं। लगभग 80 फुट चौड़ी सड़क पर दर्शनार्थियों का मीलों लंबा जुलूस था। भीड़ का अनुशासन भी गजब का था। क्या मजाल कि किसी का किसी को धक्का लग जाए। मंदिर के प्रांगण में सफेद चादरें बिछा दी गई थीं, जिन पर दर्शनार्थी पत्र-पुष्प चढ़ाते चलते थे। चढ़त इतनी अधिक होती है कि उसे गिनने का भार बैंकों को दिया जाता है।

एक और श्राइन—मीता श्राइन में भी हम लोग गए। वहाँ सामान्य भीड़-भाड़ थी। श्राइन के भीतर जाने का अवसर मिला। पुजारी ने हमें बेलपत्रों जैसी पत्तियाँ चढ़ाने के लिए दीं। फिर उसने हमारी तरफ से कुछ क्षण प्रार्थना भी की और अंत में उसने हमें प्रसाद रूप में मिठाई, ताबीज और साके की (जापानी शराब) की बोतल भी दी। साके वहाँ की वैसी ही पवित्र मदिरा समझी जाती है, जैसी भाँग काशीवासियों के लिए पवित्र होती है।

नववर्ष पर यहाँ चावल के केक खूब खाए जाते हैं। ये केक चावलों को उबालकर फिर कूटकर जमाए जाते हैं और खाने से पहले उन्हें भून या उबाल लेते हैं।

नववर्ष पर सभी लोग अपने बच्चों को ही नहीं, अपने रिश्तेदारों के बच्चों को भी बड़ी-बड़ी पुरस्कार राशियाँ देते हैं। सामान्यतः हर बच्चे को बीस-बीस हजार येन (आठ-आठ सौ रुपए) मिल जाते हैं।

अंत में एक बात और, जापान में यह वर्ष चूहा वर्ष माना जा रहा है। यहाँ

बारह जंतुओं (चूहा, खरगोश, बकरी, गाय, सिंह, साँप, अजगर, बंदर आदि) के नाम पर एक तरह का बारह वर्ष का राशि चक्र चलता है। इसी क्रम में यह चूहा वर्ष है। वैसे इस देश में 68 संस्थान ऐसे हैं, जो प्रतिवर्ष लाखों की संख्या में चूहों का उत्पादन करते हैं, जिन्हें वैज्ञानिक परीक्षणार्थ बेचा जाता है। प्रतिवर्ष 30 अक्तूबर को इन हत चूहों की आत्मा की शांति के लिए सामूहिक प्रार्थना भी की जाती है।

□

जापानी कुश्ती : निराला ढंग

काशीवासी तो कुश्ती-प्रेमी हैं ही, तोकियोवासी ही क्या, पूरे जापानवासी भी कुश्ती-प्रेमी हैं। यहाँ कुश्ती दंगल हर दूसरे महीने कहीं-न-कहीं होता है, जिसमें देश भर के सभी उच्चकोटि के पहलवान सम्मिलित होते हैं। यहाँ के कुश्ती प्रकार को सूमो कुश्ती और पहलवानों को सूमो पहलवान कहते हैं।

जापान की कुश्ती, जापान का अखाड़ा, जापानी पहलवानों, निर्णायकों तथा रेफरी की सज्जा सभी कुछ भारतीय रंग-ढंग से भिन्न है। यहाँ तक कि कुछ देश इस कुश्ती से इतने प्रभावित हुए हैं कि उन्होंने अपने यहाँ भी इस प्रकार की कुश्ती का शुभारंभ कर दिया है। ऐसे देशों में हवाई और अमेरिका हैं, जहाँ जापानी दाँव-पेंच तथा ठाठ-बाट सिखाए जाते हैं। इस कुश्ती की निश्चय ही अपनी विशेषताएँ हैं।

राष्ट्रीय स्तर पर मई में पंद्रह दिनों तक यह दंगल तोकियो में चला था। हर पहलवान को पंद्रह दिन लगातार बारी-बारी से अन्य पहलवानों से कुश्ती लड़नी होती है। प्रतियोगिता का विजेता या तो वह होता है, जो सबको हरा दे या जो औरों की अपेक्षा कम हारा हो। जो सब को हरा देता है, उसे 'महाविजेता' की उपाधि और एक या अनेक कुश्तियाँ हारकर भी प्रतियोगिता जीत लेता है, उसे 'विजेता' की उपाधि दी जाती है। प्राय: सभी पहलवानों की उपाधियाँ उनकी विजयों के आधार पर निश्चित होती हैं।

पहलवान अखाड़े में बड़ा ही सुंदर, रेशमी चमचमाता हुआ कछौटा पहनकर उतरता है। कछौटे के आगे बड़ी ही सुंदर झालर भी खोंसता है। जिन दो पहलवानों की कुश्ती की बारी होती है, वे दो दिशाओं से नमक छिड़कते हुए अखाड़े में प्रवेश करते हैं। यदि वे ऊँचे दर्जे के पहलवान हैं तो उन्हें एक विशेष प्रकार का व्यायाम भी करना होता है। वस्तुत: यह व्यायाम नहीं, कर्मकांड है और इस बात का सूचक है कि सूमो कुश्ती पवित्र धार्मिक कृत्य है। अखाड़े के बीचोबीच दो रेखाएँ खिंची होती हैं, जिनके दोनों ओर पहलवान आकर खड़े हो जाते हैं। रेफरी जब तक अपने

हाथ में लिए हुए शीशे को अखाड़े में प्रतिबिंबित नहीं करता, तब तक कुश्ती शुरू नहीं होती। कभी-कभी रेफरी शीशा दिखाते-दिखाते रुक जाता है, जिसे उतावली में कोई पहलवान नहीं देख पाता और लड़ने के लिए रेखा पार कर दूसरे पहलवान पर आ चढ़ता है; जल्दी ही वह अपनी भूल समझ जाता है, लेकिन कुश्ती-प्रेमियों की हँसी तथा व्यंग्य का भाजन अवश्य बनता है।

कुश्ती शुरू होने से पहले दोनों पहलवान पैरों के पंजों के भार बैठते हैं और अपने हाथों की मुट्ठियाँ जमीन पर टेके रहते हैं। जैसे ही रेफरी का संकेत मिलता है वे एक-दूसरे पर झपट पड़ते हैं। यदि संकेत नहीं मिलता तो वे फिर कोने में रखा नमक जाकर उठाते और छिड़कते हैं।

यहाँ की कुश्ती के नियम भी भिन्न हैं। जो पहलवान गिर पड़ेगा या जिसका हाथ जमीन को छू लेगा, वह हारा हुआ मान लिया जाएगा। जिस पहलवान का पैर भी अखाड़े से बाहर चला जाएगा, उसकी भी हार मान ली जाएगी। आशय है कि कुश्ती खड़े-खड़े और बीच अखाड़े में ही हो। अत: कुश्ती यहाँ मिनट-दो मिनट में ही समाप्त हो जाती है। अकसर देखने में आता है कि कोई भारी-भरकम पहलवान इशारा मिलते ही विपक्षी पर टूट पड़ता है और उसे धकेल या धक्का मारकर अखाड़े से बाहर कर देता है। मोटा पहलवान हुआ तो वह दूसरे पहलवान को कछौटे से पकड़कर उठा लेगा और अखाड़े के बाहर उसे दे पटकेगा।

कभी-कभी दोनों पहलवान एक साथ गिरते हैं या ऐसी अवस्था उत्पन्न हो जाती है कि रेफरी के लिए निर्णय देना कठिन हो जाता है कि कौन सा विजयी रहा। तब काले चोंगे पहने हुए चार निर्णायक अखाड़े में आते हैं और अपना निर्णय देते हैं। कभी-कभी दोबारा कुश्ती भी होती है।

प्राय: कुश्ती मिनट-डेढ़ मिनट में ही समाप्त हो जाती है, परंतु काँटे के पहलवानों की कुश्ती कभी-कभी दो-ढाई मिनट तक भी चलती है, जिसमें दाँव-पेंच तथा उनके काट भी देखने को मिलते हैं।

रेफरी का पहनावा जापानी ढंग का रंग-बिरंगा चोंगा होता है। कुल्लेदार टोपी अत्यंत भली लगती है। उसके हाथ में लकड़ी के फ्रेम में जड़ा हुआ शीशा रहता है। उसका निर्णय मान्य होता है। यदि वह निर्णय दे दे तो उसपर आपत्ति नहीं उठाई जा सकती। यदि वह निर्णय तक पहुँचने में अपने को असमर्थ पाता है, तभी निर्णायक अखाड़े में आते हैं। टेलीविजन पर अब खेल दिखाए ही जाते हैं, अत: निर्णय करने में टेलीविजन की सहायता काफी ली जाती है।

अखाड़ा यहाँ पक्का होता है और जमीन से फुट-दो फुट ऊँचा उठा होता है। उसकी सीमा रेखा पर मुँड़ेर होती है। तल पर नमक बिखरा रहता है। नमक को यहाँ अत्यंत शुभ माना जाता है।

आठ-दस हजार कुश्ती-प्रेमी नित्य ऊँचे दाम के टिकट खरीदकर कुश्ती देखने के लिए आते हैं। एक-आध बार सम्राट् या राजकुमार भी अवश्य आते हैं तथा पहलवानों और कुश्ती-प्रेमियों का उत्साह बढ़ाते हैं। विजेता को सम्राट् द्वारा प्रदत्त स्वर्णकप तो मिलता ही है; अनेक संस्थाएँ, व्यापारिक संस्थान तथा रईस लोग भी जी खोलकर पुरस्कार देते हैं। अधिक या कम बाजियाँ हारने-जीतनेवालों को भी यथेष्ट पुरस्कार राशियाँ मिलती हैं, जिससे वे निश्चिंत होकर अपना अभ्यास जारी रख सकें।

और अंत में पहलवानों के नामों के संबंध में भी एक बात बता देना उचित होगा। वह यह कि हर पहलवान अपना एक विशेष नाम रख लेता है। इस नाम से वह प्रसिद्ध होता है। कुछ नाम देखिए (कोष्ठक में उनके अर्थ भी दे दिए हैं)—

कितानोउमी (उत्तरी सागर), होकूटेन्यु (ध्रुवतारा), ओनोकुनी (महादेश), होशी (संकल्पवान), किरिनजी (ड्रैगन की संतान), साकाहोकी (उड़ता खंजर), आसाही फ्यूजो (फ्यूजी पर्वत पर चढ़ता सूर्य), कोटोकाजे (सितार की झनकार), आसाशिओ (सुबह की लहर), तोरयू (लड़ता हुआ ड्रैगन), चियोनो फ्यूजी (फ्यूजी पर्वत या अटल), हिदानोहाना (हिदा प्रदेश का फूल), बाका शिमाजू (शिमाजू प्रदेश का बाँका) आदि-आदि।

इन पहलवानों के लंबे बाल होते हैं और उनको बाँधा भी मनोरम ढंग से जाता है। जब पहलवान पहलवानी से संन्यास लेता है, तब वह अपना रखा हुआ नाम भी त्याग देता है।

□

परिक्रमा सप्त देवताओं की

जापान के लोग अपने को नास्तिक मानते हैं। यह बात किसी अंश तक सही तो है, परंतु नववर्ष का आरंभ होते ही उनमें सहसा धर्म-भावना जाग्रत् हो उठती है यह भी सत्य है। प्राय: अधिकांश लोग देवालयों में जाते हैं। शिंतो, बौद्ध तथा ईसाई धर्मावलंबी—सभी बिना भेदभाव के प्रसिद्ध देवालयों में जाते तथा देवताओं को नमन करते हैं।

आपको जानकर आश्चर्य होगा कि टोक्योवासी देवताओं की परिक्रमा करते हैं। यहाँ 15-16 ऐसी परिक्रमाएँ हैं, परंतु इन सब में से प्राचीन तथा महिमावाली परिक्रमा है—सप्तदेव परिक्रमा। इन सातों देवताओं की फेरी लेने में तोक्यो के तीन-चार नगरों की पैदल यात्रा करनी होती है और इस यात्रा में लगभग तीन घंटे लगते हैं। अनेक गलियों-बाजारों में से होकर भी निकलना होता है।

आज हमारा मार्गदर्शन कर रहे हैं मेरे मित्र प्रोफेसर तनाकी जी। हैं तो ये भी श्रद्धालु ही परंतु इस तरह की यात्रा का इनके लिए भी यह पहला अवसर है। कुछ और भी श्रद्धालु हैं, जो हमारे आगे-आगे चल रहे हैं। इन लोगों को पहचानने में जरा भी देर नहीं लगती। इन सभी के हाथ में पीले रंग का कागज है, जिसमें पूरे मार्ग का विवरण है। जगह-जगह ये लोग पीला कागज खोले मार्ग का अनुसंधान करते हुए आपको दिखाई देंगे।

हम लोग घर से साढ़े ग्यारह बजे निकले और लगभग 1 बजे वेनो पार्क में पहुँचे। यह पार्क तोक्यो के सबसे बड़े पार्कों में से है। इसी के एक कोने में 'बेन जाईतेन' देवालय है। बेन वस्तुत: संस्कृत 'वयन' ही है, जो वाक् अर्थात् सरस्वती का वाचक है। इस मंदिर में सरस्वती की ही प्रतिमा है। प्रतिमा के हाथ में वीणा या वीणा से मिलता-जुलता वाद्य यंत्र है। सात देवताओं में से अकेली स्त्री देवता हैं। जैसा कि आप को आगे भी पता चलेगा कि इन देवताओं के कार्य-क्षेत्र वही नहीं हैं, जो सामान्यत: भारतीय मानते हैं। आरंभ में इसकी गिनती नदी-देवताओं या

जल-देवताओं में होती थी, परंतु अब ये धन, सौभाग्य और दीर्घायु की देवी मानी जाती हैं। अब यहीं से यात्रा का आरंभ होता है।

हमारा दूसरा पड़ाव है दाई कोकुतेन। 'दाई' का अर्थ है बड़ा या महान् और 'कोकु' का अर्थ है काला। यह महाकाल का मंदिर है। ये भी भारतीय देवता हैं, जो संभवतः बौद्ध धर्म के साथ यहाँ आ गए। वे सिर पर टोपी पहने, पीठ पर चावल की बोरी उठाए तथा एक हाथ में डमरू लिए हुए हैं। यह डमरू सब जगह धन की वर्षा तो करता ही है, दुष्टों तथा आततायियों का सिर भी फोड़ता है। इनकी गिनती वैसे अन्न-धन की वर्षा करनेवाले देवताओं में होती है।

अब आगे चलिए। हमारा तीसरा पड़ाव है—जुरोजिन। ये चीनी देवता हैं। ये दीर्घायु के देवता हैं। कहते हैं, इन्होंने ढाई हजार वर्ष की आयु प्राप्त की थी। इनके हाथ में एक खर्रा है, जिसमें सभी प्राणियों में जीवनकाल का उल्लेख है।

चौथा पड़ाव है—तेननोजी। ये भी भारतीय देवता हैं, तीसरे भारतीय देवता। ये विष्णु हैं। मंदिर में प्रवेश के समय आप पढ़ेंगे—दर्शन से तत्काल सात पुण्यों का लाभ और सात ही पापों का नाश। यहाँ पर ये रक्षा करनेवाले देवता माने जाते हैं। भारत में विष्णु पालनकर्ता माने जाते हैं। ये देवता जिरह-बख्तर तथा लौह टोप पहने हुए हैं।

अगला पड़ाव है—होतेई। ये चीनी देवता हैं। भारी-भरकम शरीर है। खिला और हँसता हुआ चेहरा है। ये बच्चों के देवता माने जाते हैं। कहा जाता है कि इनके पास एक झोला रहता है, जिसमें यह भिक्षा एकत्र करते हैं। यह भिक्षा वे निर्धनों और असहायों को देते हैं। कहा जाता है कि यह झोला सदा भरा ही रहता है। ये अपने हाथ में झोले के अतिरिक्त पंखा और दंड भी लिए रहते हैं।

हमारी आज की परिक्रमा के छठे देवता हैं एबीसु। ये मत्स्य देवता हैं। सात देवताओं में से ये अकेले जापानी देवता हैं। ये एक हाथ में मछली पकड़ने का काँटा लिए हुए हैं और दूसरे हाथ की बगल में मोटी मछली दबाए हैं। ये सबकी आशा पूर्ण करने वाले देवता हैं। ये व्यापार और समृद्धि के देवता माने जाते हैं।

सातवें देवता हैं—फुकुरोकुजु। ये भी चीनी देवता हैं। सिर से गंजे हैं, परंतु लंबी नुकीली दाढ़ी है। ये भविष्यवक्ता हैं। ये धन और दीर्घायु के देवता माने जाते हैं।

इस मंदिर के पीछे एक ताल है, जो देखने योग्य है। यह वर्ष में एक बार और वह भी 1 से 7 जनवरी तक दर्शकों के लिए खुला रहता है। चारों ओर इन सातों देवताओं के चित्र हैं। ताल में रंग-बिरंगी मछलियाँ हैं। एक मछली की कीमत

50-50 हजार रुपए से अधिक है।

उक्त सात देवताओं में से तीन भारतीय हैं, तीन ही चीनी हैं और एक जापानी।

इस प्रकार हमारी आज की यह परिक्रमा समाप्त होती है। सभी मूर्तियों पर यहाँ भी लोग अगरबत्तियाँ या मोमबत्तियाँ जलाते हैं, पैसे भी चढ़ाते हैं। एक बात यह कि यहाँ यात्रा आरंभ करते समय सात देवताओं के चित्र ले लिए जाते हैं और हर मंदिर में उन पर विशेष दक्षिणा देकर मुहर लगवा ली जाती है। यही यात्रा की सनद है।

□

हिरोशिमा का शांति-स्मारक

काशी से डॉ. भानुशंकर मेहता ने अपने एक पत्र में लिखा था कि क्योटो-नारा जाएँ तो हिरोशिमा भी अवश्य जाएँ और मेरी ओर से भी नमन निवेदित कर आएँ। इस बार क्योटो-नारा की यात्रा का जब कार्यक्रम बनाया तो अपने आदरणीय मित्र की इच्छा-पूर्ति के लिए मैं उस महाभूमि में भी जा पहुँचा, जिसने परमाणु बम का प्रहार अपने वक्षस्थल पर सहा था और मानवीय विनाशक तथा विध्वंसक शक्ति को शांति का संदेश देने के लिए, जो स्वयं अग्निकुंड के रूप में परिवर्तित हो गई थी। माँ, मेरा भी नमन स्वीकार करो।

जब बुलेट ट्रेन हिरोशिमा स्टेशन पर पहुँची तो स्टेशन की विशालता और भव्यता ने हमें अभिभूत कर लिया। टैक्सी लेकर जब बम-स्थली की ओर चले तब भी रास्ते पर ऊँची-ऊँची मनोहारी अट्टालिकाओं ने हमारा ध्यान आकृष्ट किया और जब शांति स्मारक उद्यान 'बम-स्थली' के फाटक पर टैक्सी ने हमें उतारा, तब भी सब ओर दिव्य-ही-दिव्य दिखाई दिया। ऐसा कहीं कुछ नहीं सहसा दिखाई दिया, जिस पर बम की मार पड़ी हो।

सामने जो शांति स्मारक संग्रहालय दिखाई दे रहा था, वह भी वास्तुकला का अद्भुत उदाहरण है। दो पाँवों पर खड़ी यह दो मंजिली अट्टालिका शायद हम जैसे दर्शनार्थियों से कह रही हो कि ऊँचे उठने पर ही तुम मेरा संदेश सुन सकते हो।

चलिए, इसी स्मारक में चलें। दूसरी मंजिल पर बम-प्रहार द्वारा हुई विनाशलीला की सचित्र और सजीव प्रदर्शनी है, परंतु यह सचित्रता और सजीवता कितनी त्रासदायक और लोमहर्षक है, उसका भान यहाँ पहुँचकर ही हो सकता है। पूरा नगर जलकर स्वाहा हो गया था—इसके अनेक चित्र हैं। एक लाख से ऊपर नर-नारी तत्क्षण जल-भुन गए थे और जो बचे थे, वे कितने और कैसे क्षत-विक्षत थे, उनके अनेक दृश्य हैं और अवशेष रूप में यहाँ वे अनेक वस्तुएँ रखी हुई हैं, जो

उस नर-संहार और तबाही की दास्तान कहती हैं।

एक चित्र में दिखाया गया है कि बम के धमाके से कितने ही आदमी कितने ही मीटर उड़कर दूर जा गिरे। दूसरे चित्र में यह दिखाया गया है कि बम गिरने के स्थान से सवा दो किलोमीटर की दूरी तक लकड़ी के मकान जल उठे, अधिक ताप के कारण ग्रेनाइट पत्थर तक के फर्श फट गए। दूर-दूर के मकानों की छतों पर के खपड़ों में से बुलबुले निकल आए।

परमाणु बम 6 अगस्त, 1945 को सुबह सवा आठ बजे नगर के ठीक मध्य में गिराया गया था। हिरोशिमा को ही परमाणु बम का शिकार शायद इसलिए बनाया गया था कि यहीं जापान का सैनिक सामग्री का सबसे बड़ा भंडार था। कहते हैं, 28,000 फुट की ऊँचाई से यह बम गिराया गया था और जमीन से कोई 1900 फुट ऊपर ही फटा था। कुछ प्रत्यक्षदर्शियों का कथन है कि विशाल आग का गोला धरती पर उतर रहा था। देखते-ही-देखते नगर धुएँ में डूब गया और धमाके से हजारों इमारतें धराशायी हो गईं और फिर आग की ऐसी आँधी चली कि सबकुछ स्वाहा हो गया।

कहते हैं कि इस बम ने एक लाख चालीस हजार नर-नारियों की जान ली थी और हजारों ऐसे भी निकले, जो गत वर्षों में उसका भोग-भोगकर प्राण देते रहे। अब भी हजारों लोग उसके दुष्परिणामों को भोगने के लिए जिंदा बचे हुए हैं। ऐसे भी कई हैं, जो पिछले 40 वर्षों से अस्पताल की चारपाइयों पर पड़े-पड़े तड़प रहे हैं।

बम का कुप्रभाव भयानक हुआ। कहते हैं कि बम गिरने के चार-पाँच दिन बाद भी यदि कोई बम-विस्फोट क्षेत्र में किसी की मदद करने के लिए जाता था तो वह भी रेडियो-सक्रियता का शिकार हो जाता था। बम फटने के कोई तीस मिनट बाद काले जल की वर्षा हुई थी, जिसके परिणामस्वरूप तरह-तरह की बीमारियाँ फैली थीं।

हम लोग शांति स्मारक संग्रहालय से नीचे उतरे। बीच मैदान में एक चबूतरे पर साधारण आकार-प्रकार का एक वर्तुलाकार पिंड बना हुआ है। यही शांति स्मारक है। उसके आगे फूलों के कुछ गुलदस्ते रखे थे और अगरबत्तियाँ जल रही थीं। अनेक लोग मस्तक भी नवा रहे थे। मैंने अपने आदरणीय मित्र के लिए ही माथा नहीं नवाया, बल्कि उन सभी ज्ञात-अज्ञात बंधुओं के लिए भी माथा नवाया, जिनके अंदर दया भाव है 'जो पीर पराई जाणें रे!'

इस पिंड के चारों ओर हजारों जंगली कबूतरों का मेला लगा हुआ था। कबूतरों के लिए प्लास्टिक की थैलियों में दाना भी यहाँ पास ही बिकता है। जो लोग थैली लेकर मैदान में घुसते हैं, कबूतर उनके हाथों, कंधों, बाँहों, सिर आदि पर आ विराजते हैं। मौन स्वर में ये भूखी आत्माएँ उन लोगों तक अन्न पहुँचाने के लिए भी शायद कहती हों, जिनकी आवाज हमारे कानों तक नहीं पहुँचती या जिनकी पुकार सुनकर भी हम अनसुनी कर देते हैं।

उक्त संग्रहालय में विभिन्न चित्रों, मूर्तियों तथा अन्य सामग्री का परिचय देने के लिए टेपरिकॉर्डर भी किराए पर मिलते हैं। आपको यह जानकर विशेष प्रसन्नता होगी कि यहाँ भारतीय दर्शनार्थियों के लिए हिंदी कैसेट भी उपलब्ध है।

□

सनशाइन सिटी–एशिया का सबसे ऊँचा भवन

तोक्यो में इस भवन को भवन नहीं कहते, वरन् नगर कहते हैं। संभवतः इसलिए कि यह नगर-सा ही विशाल दिखाई देता है। यहाँ नगर जैसी ही भीड़-भाड़ और चहल-पहल रहती है। नगर की ही भाँति यहाँ सैकड़ों दुकानें, रेस्टोरेंट, कार्यालय आदि हैं। एक होटल है, जिसमें 1200 (बारह सौ) कमरे हैं। इसका अपना डाकघर है। इसमें अच्छा-खासा संग्रहालय है और कंप्यूटर से चलनेवाला एक विशाल तारामंडल भी है। एक ऐसा मत्स्यागार भी है, जिसमें हजारों प्रकार की रंग-बिरंगी मछलियाँ हैं। ऐसी भी कई छोटी-छोटी मछलियाँ हैं, जिनकी कीमत अंबेसडर कार से भी अधिक होती है।

आइए, इस भवन की कुछ और विशेषताएँ भी आपको बताऊँ। इसका नाम है 'सनशाइन सिटी'। इस भवन का क्षेत्रफल है 26,350 वर्ग मीटर। साठ मंजिल धरती से ऊपर आकाश में और तीन मंजिल नीचे धरती में। जमीन से ऊँचाई है 340 मीटर।

चलिए, इसमें प्रवेश करें। सड़क के साथ-साथ एक लंबा बरामदा है। इसमें पहुँचते ही आपको चल-सोपान दिखाई देगा। यह चल-सोपान आपको एक मंजिल नीचे ले जाएगा। इस तलघर में सैकड़ों तरह की दुकानें और रेस्टोरेंट हैं। इसमें ऐसे भी सोपान हैं, जो जमीन पर चलते हैं, उन पर खड़े हो जाएँ तो वे आपको यहाँ से वहाँ पहुँचा देंगे। ऊपर जाने के लिए यहीं से आपको लिफ्ट मिलेगी। ऊपर चढ़ने से पहले आपको यह बतला दूँ कि इस तलघर के नीचे जो और दो तलघर हैं, उनमें अठारह सौ कारों को एक साथ खड़ा करने की पूरी व्यवस्था है।

अब हम लोग ऊपर चलें, सीधे साठवीं मंजिल पर। जिस लिफ्ट पर आप चढ़ेंगे, वह संसार में अन्यतम है। इस लिफ्ट पर चढ़ने के लिए आपको पहले दस रुपए (200 येन) का टिकट लेना होगा। जापान में सिर्फ हवा ही मुफ्त है, कुछ और नहीं। जब

आप किसी पार्क या मंदिर में भी जाते हैं, तब आपको टिकट लेना होता है। खैर, संसार में जितनी भी लिफ्टें हैं, उन सबसे इसकी गति तीव्रतम है। यह प्रति मिनट 600 मीटर की रफ्तार से चलती है। लगभग आधे मिनट में आपको यह उनसठवीं मंजिल पर पहुँचा देगी। यहाँ पर उपाहार-गृहों की भरमार है। एक बहुत बड़ा रेस्टोरेंट है, जिसमें बैठकर ठंडा-गरम कुछ भी ले सकते हैं। यहीं पर चारों तरफ बड़ी-बड़ी खिड़कियाँ हैं, जहाँ से आप चारों ओर का दृश्य देख सकते हैं। यदि आकाश स्वच्छ हो तो लगभग सौ किलोमीटर दूर स्थित फूजी पर्वत के भी दर्शन हो जाते हैं। वैसे हर खिड़की में दूरबीन लगी है, जिसमें सौ येन का सिक्का डालकर मजे से दूर-दूर के दृश्य देख सकते हैं। धरती पर बने दो-तीन मंजिले मकान खिलौनों जैसे नजर आते हैं और चलती हुई रेलगाड़ियाँ चींटियों-सी रेंगती हुई प्रतीत होती हैं।

इसी मंजिल के मध्य में हरे-भरे सैकड़ों तरह के पेड़-पौधे हैं, जो वातावरण को अत्यंत रम्य बनाते हैं। इन्हीं के बीच एक अद्भुत फुहारा है। एक क्षण फुहारों से 'वेलकम' द्वारा आपका स्वागत होगा और दूसरे ही क्षण आपको समय बताया जाएगा। संभवत: इसलिए कि कहीं यहाँ आकर आप समय को भूल ही न गए हों।

साठवीं मंजिल पर वेधशाला है, जो शीशे की बनी हुई है। यहाँ पूरे नगर का दृश्य एक ही बार में देखा जा सकता है।

अब नीचे उतरते चलिए। ग्यारहवीं मंजिल से अठावनवीं मंजिल तक बड़े-बड़े व्यापारिक संस्थानों के कार्यालय हैं। पाँचवीं से सैंतीसवीं मंजिल में संसार प्रसिद्ध प्रिंस होटल है, जिसमें 1200 कमरे हैं। ग्यारहवीं मंजिल पर अद्भुत मत्स्यागार हैं। दसवीं मंजिल पर तारामंडल है। यह भी एशिया में अपने ढंग का कंप्यूटर से कार्यक्रम प्रस्तुत करनेवाला अकेला तारामंडल है। नौवीं मंजिल पर तोक्यो कल्चरल सेंटर (सांस्कृतिक केंद्र) है, जहाँ अनेक तरह के पाठ्यक्रमों की व्यवस्था है। पूरा विद्यालय ही समझिए। आठवीं मंजिल पर आयात केंद्र है तथा अंतरराष्ट्रीय सम्मेलनों के लिए विशाल कक्ष है। छठी और सातवीं मंजिलों पर संग्रहालय और कला दीर्घा हैं। पाँचवीं मंजिल पर प्रवास कार्यालय तथा जापान की प्रसिद्ध विदेश व्यापार संस्था जेटरो का भी कार्यालय है। दूसरी, तीसरी और चौथी मंजिलों पर तरह-तरह की वस्तुएँ प्रदर्शित की जाती हैं। इन्हें आप प्रदर्शन-कक्ष कह सकते हैं।

आपको घंटों हो गए मेरे साथ ऊपर-नीचे करते। एक-एक मंजिल उतरते-उतरते आप निश्चय ही थक गए होंगे। विश्राम करें। मैं भी आपसे पुन: मिलने का वादा करते हुए विदा लेता हूँ। अंत में एक बात बता दूँ कि भूकंपों से काँपते रहनेवाले इस भूभाग में यह भवन भूकंप-सह है। □

जापान में पितृ-पूजा की परंपरा

हम भारतीयों के लिए पितृ-पूजा का विशेष महत्त्व है। हम वर्ष में एक पखवाड़ा—पितृपक्ष—पितरों के निमित्त अर्पित करते हैं। जापानी लोग भी अपने पितरों के प्रति कृतज्ञता का ज्ञापन करते हैं। मुझे यहाँ ऐसे दो अवसर दिखाई पड़े हैं।

सितंबर की 23 तारीख को जापान में एक त्योहार मनाया जाता है—ओहिंगान। इस दिन पूरे जापान में सार्वजनिक छुट्टी रहती है। ओहिंगान का शब्दार्थ है—'नदी का दूसरा तट'। लाक्षणिक अर्थ है—'स्वर्ग'। हमारे यहाँ भी वैतरणी की कल्पना की गई है, जिसे पार करके ही स्वर्ग पहुँचा जाता है। भवसागर रूपी नदी के उस पार पहुँचे अपने पितरों के प्रति श्रद्धा निवेदित करने की यह तिथि हमारे पितृ-पक्ष के ही निकट पड़ती है, यह तथ्य सुचिंतित परंपरा की ओर ही निर्देश करता है। 23 सितंबर को दिन-रात बराबर होते हैं, संभवतः यह संधिकाल आत्माओं के पृथ्वी पर आने के लिए अनुकूल भी होता हो।

जो हो, जापानी लोग 23 सितंबर के दिन अपने पितरों के समाधि-स्थल पर जाते हैं। समाधियाँ पत्थरों की बनी होती हैं। सामान्यतया एक परिवार के लोगों की समाधियाँ स्थान सुलभ होने पर एक ही स्थान पर बनाई जाती हैं। उन्हें जल से धोते हैं, उन पर गुलदस्ते चढ़ाते हैं और अगरबत्तियाँ जलाते हैं। उन मृतात्माओं को जो-जो चीजें विशेष पसंद होती हैं, वे भी चढ़ाते हैं। हाथ जोड़कर उनके आगे नतमस्तक होते हैं। वर्ष में यही एक दिन ऐसा होता है, जब जापानी लोग मांस-मछली का सेवन नहीं करते। सायंकाल अपने सगे-संबंधियों के साथ मिलकर भोजन करते हैं। इस प्रकार यह दिन प्रकारांतर से कौटुंबिक मिलन का भी सूचक है।

यहाँ एक बात और उल्लेखनीय है कि जापानी लोग शव को जलाते हैं, गाड़ते नहीं। गाड़ते हैं भस्म या अस्थियाँ। यहाँ जगह-जगह कब्रिस्तान हैं, जहाँ विभिन्न परिवारों ने जगहें खरीद रखी हैं, जहाँ वे समय-समय पर अस्थियाँ गाड़ते रहते हैं। जापान में जगह की अब बहुत कमी है और जमीन का दाम इतना अधिक

है कि व्यक्ति अपने परिवार के रहने के लिए मकान भर की जमीन अपनी उमर भर की कमाई से खरीद नहीं पाता, फिर अपने पितरों के लिए कहाँ से खरीदेगा? लेकिन नहीं, कुछ तो खरीदते ही हैं, परंतु अधिकतर लोग अस्थियाँ किसी पात्र में रखकर मंदिर में रख आते हैं। मंदिरों में पुजारी प्रायः नित्य ही मृतात्माओं की शांति के लिए प्रार्थना करते हैं। जिनके पितरों की अस्थियाँ मंदिरों में सुरक्षित होती हैं, वे मंदिरों में जाते हैं और जो उनसे दान-दक्षिणा बन पड़ती है, मंदिर में देते भी हैं।

समाधि-स्थलों या कब्रों पर जो फल आदि चढ़ाए जाते हैं, वे संभवतः पक्षी ही खाते हैं, कोई वहाँ से उठाता नहीं। जिनके पूर्वजों को शराब बहुत पसंद रही, उन्हें मैंने समाधि को शराब से धोते तथा पात्रों में शराब भरकर वहाँ चढ़ाते हुए भी देखा है।

दूसरा अवसर है ओ-बोन का त्योहार। यह पंद्रह अगस्त को मनाया जाता है। 12 से 18 अगस्त तक जापान के बड़े-बड़े नगर, जिनमें सदा चहल-पहल और भीड़-भाड़ रहती है, बिलकुल खाली-खाली से लगने लगते हैं। इस सप्ताह में सभी लोग अपने-अपने पुश्तैनी घरों को लौट जाते हैं। उनका विश्वास है कि इस उत्सव के समय पूर्वजों की आत्माएँ धरती पर विशेषतः अपने पूर्व वास स्थानों पर आती हैं। वे उन आत्माओं से मिलने के लिए आनंद-विभोर हो उठते हैं। घरों को सजाते हैं, अपना शृंगार करते हैं, तरह-तरह के व्यंजन बनाते हैं, गाते हैं, नाचते हैं और फिर सचमुच समाँ बँध जाता है।

स्थानीय बौद्ध-मंदिर 'सनरोइ' में सप्ताह भर सायंकाल उत्सव का वातावरण रहा। प्रांगण के ठीक बीचोबीच बड़ा नगाड़ा रखा था। एक आदमी नगाड़ा बजा रहा था और एक अन्य व्यक्ति माइक पर गा रहा था तथा हजारों की संख्या में नर-नारी, बच्चे, बूढ़े और जवान रंग-बिरंगी जापानी वेश-भूषा 'किमोनो' पहने हुए ताल-लय पर नाचते हुए रास-मंडल का दृश्य उपस्थित कर रहे थे। यह एक ऐसा दृश्य था, जो अद्‌भुत तो था ही, उसमें वृदांवन की झाँकी का सुख प्रदान करने की भी क्षमता थी। कितने ही कृष्ण थे, कितनी ही राधाएँ थीं।

□

जापानी जन्मवर्ष और चारित्रिक विशेषताएँ यह चूहा वर्ष है

जापान में 1984 को 'चूहा वर्ष' माना जा रहा है। नव वर्ष के उपलक्ष्य में शुभकामनाओं के सूचक, मुझे जो पत्र प्राप्त हुए, उनमें विशेष रूप से चूहों की आकृतियाँ या चूहों जैसे मुखवाली मानव आकृतियाँ बनी हुई थीं। पहले तो मैंने सोचा कि शायद मुझ पर कुछ व्यंग्य किया गया हो, फिर यह बात भी ध्यान में आई कि प्रकृति से शांत और सौम्य रहनेवाले जापानी कभी ऐसा व्यंग्य नहीं कर सकते, जिससे किसी को दुःख पहुँचे।

एक बात जो चक्कर में डाल रही थी, वह यह थी कि सभी पत्रों में एक जैसी आकृतियाँ ही क्यों? फिर जब मुझे यह पता चला कि मेरे सहयोगी प्राध्यापकों को भी ऐसी ही आकृतियोंवाले पत्र मिले हैं तो कुछ राहत महसूस हुई। साहस करके पूछ ही लिया कि ये चूहे की आकृतियाँ कैसी-कैसी और क्यों?

जो उत्तर मिला, उससे जिज्ञासा तो शांत हुई ही, कुछ विशेष जानकारी भी मिली, जो अत्यंत रोचक लगी। आप भी सुनिए और अपनी-अपनी विशेषताओं को जानिए। एक ही साथ करम ठोकिए और सराहिए भी।

फलित ज्योतिष के अनुसार जापान में बारह-बारह वर्षों का राशि-चक्र माना जाता है, जिसे हम द्वादश वर्षीय चक्र कह सकते हैं। चक्र के प्रत्येक वर्ष का नामकरण किसी-न-किसी जंतु के नाम पर किया जाता है—जैसे यह चूहा वर्ष है तो अगला बैल वर्ष। क्रम से बारह वर्ष इस प्रकार हैं—1. चूहा वर्ष, 2. बैल वर्ष, 3. सिंह वर्ष, 4. खरगोश वर्ष, 5. ड्रैगन या अजगर वर्ष, 6. सर्प वर्ष, 7. घोड़ा वर्ष, 8. भेड़ वर्ष, 9. बंदर वर्ष, 10. मुरगा वर्ष, 11. कुत्ता वर्ष और 12. जंगली सुअर वर्ष।

उक्त जीवों में जापानवासियों ने अपने दृष्टिकोण से एक-एक गुण या विशेषता

और एक-एक अवगुण या दोष का आकलन कर रखा है। यही गुण और अवगुण उनके नाम से उल्लिखित वर्ष की विशेषताएँ माने जाते हैं। जो लोग इन वर्षों में उत्पन्न होते हैं, उनकी भी ये विशेषताएँ मान ली जाती हैं।

- 'चूहा वर्ष' में जन्म लेनेवाला व्यक्ति कमाऊ (गुण) और अस्थिर (अवगुण) माना जाता है। 1912, 1924, 1936, 1948, 1960, 1972, 1984, 1996, 2008, 2020 आदि चूहा वर्ष हैं।
- 'बैल वर्ष' में जन्म लेनेवाला व्यक्ति सहनशील (गुण) और मंदबुद्धि (अवगुण) माना जाता है। 1901, 1913, 1925, 1937, 1949, 1961, 1973, 1985, 1997, 2009 आदि बैल वर्ष हैं।
- 'सिंह वर्ष' में उत्पन्न होनेवाला व्यक्ति बहादुर (गुण) और क्रोधी (अवगुण) माना जाता है। 1902, 1914, 1926, 1938, 1950, 1962, 1974, 1986, 1998, 2010 आदि सिंह वर्ष हैं।
- 'खरगोश वर्ष' में जन्म लेनेवाला व्यक्ति सुकुमार (गुण) और भीरु (अवगुण) होता है। 1903, 1915, 1927, 1939, 1951, 1963, 1975, 1987, 1999, 2011 आदि खरगोश वर्ष हैं।
- 'अजगर वर्ष' वस्तुतः ठीक नामकरण नहीं है। यह ड्रैगन नामक काल्पनिक जीव के आधार पर है, जिसका घड़ियाल सा मुँह होता है तथा पंख और पैर भी होते हैं। खैर, 'अजगर वर्ष' में जन्म लेनेवाला व्यक्ति वीर (गुण) और भयानक (अवगुण) होता है। 1904, 1916, 1928, 1940, 1952, 1964, 1976, 1988, 2000, 2012 आदि अजगर वर्ष हैं।
- 'सर्प वर्ष' में जन्म लेनेवाला व्यक्ति धनी (गुण) और चोट करनेवाला (अवगुण) होता है। 1905, 1917, 1929, 1941, 1953, 1965, 1977, 1989, 2001, 2013 आदि सर्प वर्ष हैं।
- 'घोड़ा वर्ष' में उत्पन्न होनेवाला व्यक्ति हृष्ट-पुष्ट (गुण) और उद्धृत या अड़ियल (अवगुण) होता है। 1906, 1918, 1930, 1942, 1954, 1956, 1978, 1890, 2002, 2014 आदि घोड़ा वर्ष हैं।
- 'भेड़ वर्ष' में उत्पन्न होनेवाला व्यक्ति निरीह (गुण) और डरपोक (अवगुण) होता है। 1907, 1919, 1931, 1943, 1955, 1967, 1979, 1991, 2003, 2005 भेड़ वर्ष हैं।
- 'बंदर वर्ष' में उत्पन्न होनेवाला व्यक्ति बुद्धिमान् (गुण) और नटखट

(अवगुण) होता है। 1908, 1920, 1932, 1944, 1956, 1968, 1980, 1992, 2004, 2016 बंदर वर्ष हैं।

- 'मुरगा वर्ष' में उत्पन्न होनेवाला व्यक्ति परिश्रमी (गुण) और अस्थिर (अवगुण) होता है। 1909, 1921, 1933, 1945, 1957, 1969, 1981, 1993, 2005, 2017 आदि मुरगा वर्ष हैं।
- 'कुत्ता वर्ष' में उत्पन्न होनेवाला व्यक्ति वफादार (गुण) और कटहा (अवगुण) होता है। 1910, 1922, 1934, 1946, 1958, 1970, 1982, 1994, 2006, 2018 आदि कुत्ता वर्ष हैं।
- 'जंगली सुअर वर्ष' में उत्पन्न होनेवाला व्यक्ति बहादुर (गुण) और झपट्टेबाज (अवगुण) होता है। 1911, 1923, 1935, 1947, 1959, 1971, 1983, 1995, 2007, 2019 आदि वाराह वर्ष हैं।

आशा है, आप सुविधापूर्वक अपने जन्म-वर्ष के गुण-दोष जानने का प्रयास और अपनी चारित्रिक विशेषताओं को पहचानने की चेष्टा अवश्य करेंगे।

□

शब्द वृत्तांत

विषय सूची

मारना

जिसे देखो, लगता है, उसी ने मारने का व्रत ले रखा है। बैल सींग मारता है तो गाय लात, तोता चोंच मारता है तो चील झपट्टा, शेर पंजा मारता है तो बिच्छू डंक। मनुष्य ने मारने का गुर जीव-जंतुओं से ही सीखा होगा। कोई चपत मारता है तो कोई थप्पड़, कोई मुक्का मारता है तो कोई घूँसा, कोई बेंत मारता है तो कोई कोड़े।

आहार के लिए, जीविका के लिए या खेल-खेल में एक जीव दूसरे को मार डालता है, तो मनुष्य भी यही करता है। कसाई भेड़-बकरियाँ मारता है, मछुआ मछलियाँ मारता है, शिकारी शिकार मारता है।

शेर दहाड़ मारता है तो हाथी चिंघाड़ और इंजन सीटी मारता है तो साँप फुफकार। साइकिल-सवार पैडल मारता है और मोटर-मालिक मोटर में हैंडल मारते और उसके घर-भर के लोग पीछे से धक्का मारते हुए भी देखे जाते हैं। चित्रकार लकीरें मारता है और दरजी टाँके। बल्लेबाज हिट मारकर रन बनाते हैं, तो फुटबॉल के खिलाड़ी किक मारकर गोल करते हैं। गोताखोर गोता मारकर समुद्र से बहुमूल्य रत्न निकालते हैं तो धनाढ्य उन रत्नों को तिजोरी में ताला मारकर रखते हैं। विद्यार्थी नकल मारते हैं, धनुर्धारी निशाना मारते हैं, बंदूकची गोली मारते हैं और युद्धक विमान बम मारते हैं।

रात में माँ बच्चे को थपकियाँ मार-मारकर सुलाती है, लेकिन जब बच्चा भूखा होता है, तब उसकी भी नींद मारी जाती है। अब वह दूध कहाँ से लाए? जो उसने बच्चे के लिए रखा था, उसमें तो बिल्ली मुँह मार गई है।

कोई-कोई मालिक यदि नौकर को नचा मारता है तो कोई-कोई नौकर भी मालिक को तंग कर मारता है। अध्यापक यदि विद्यार्थी की जान मारते हैं तो विद्यार्थी भी अध्यापक को खपा मारते हैं। सिपाही यदि चोर को दौड़ा मारता है

तो चोर भी सिपाही को थका मारता है। कभी तो डाकू पुलिस को पिटा मारते हैं, परंतु पकड़ लिये जाने पर पुलिस भी उनकी जड़ मारने में कमी नहीं करती। कोई-कोई सास यदि बहू को सता मारती है तो कोई-कोई बहू भी सास को रुला मारती है।

ग्राहक यदि दुकानदार का पैसा मार लेता है तो भाई भाई का हिस्सा मार बैठता है। बेटा यदि चुपके से अपने माता-पिता की जमा पूँजी पर हाथ मारता है तो दामाद डंके की चोट पर अपने सास-ससुर का सारा माल मार लेता है। उचक्का गठरी मारता है, चोर सेंध मारता है, तौला डाँड़ी मारता है और चाइयाँ किसी की कलम या घड़ी मारकर नौ-दो ग्यारह हो जाता है।

कोई दिन भर मजे मारता है तो कोई सारा दिन लोट मारता है। किसी को दम मारने की फुरसत नहीं मिलती और कोई बैठा-बैठा मक्खियाँ मारा करता है। कोई पलथी मारकर जीमने बैठा है तो कोई फसकड़ा मारकर सारी जगह घेर लेता है। कोई छींक मारकर दूसरे को बाधा की उपस्थिति जतलाता है तो कोई फूँक मारकर किसी की सारी विघ्न-बाधाएँ हवा कर देता है। कोई अड़ंगी मारकर किसी को जमीन सुँघा देता है तो कोई दाँव मारकर किसी के होश गुम कर देता है। कुछ पलक मारते रकम मार लेते हैं, कुछ चुटकियों में बाजी मार ले जाते हैं और कुछ आँखों में धूल झोंककर मैदान मार ले जाते हैं।

कोई मगज मारता है तो कोई मन मारे बैठा रहता है। कोई अपना गुस्सा नहीं मार पाता और अपने माथे पर हाथ मारता है। चतुर काम निकालने के लिए किसी को आँख मारते हैं और अर्दली-चपरासी बख्शीश पाने के लिए बड़ी अदा से सलाम मारते हैं। कोई किसी को चिढ़ाने के लिए ताना मारता है तो कोई किसी का बनता हुआ काम बिगाड़ने के लिए भाँजी मारता है। किसी को डींग मारने में मजा आता है तो किसी को गप्प मारने में सुख मिलता है। अप्रत्याशित व्यवहार देखकर किसी को काठ मार जाता है और कोई लाख सुनने पर भी चुप्पी मारे रहता है। आज के युग में सबसे अच्छा वह है, जो झक मारता है।

यदि चिंता-फिक्र से किसी की भूख-प्यास मारी जाती है तो दुःख का पहाड़ टूटने पर किसी की हँसी मारी जाती है। रोग का प्रकोप होने पर किसी की आँख मारी जाती है तो ठोकरें खाते-खाते और मारे-मारे फिरते किसी की अक्ल मारी जाती है। चाँदनी मारने से किसी का घाव नहीं भरता तो लकवा मार जाने से किसी का एक अंग काम ही नहीं करता। खेल-खिलवाड़ में किसी का सारा दिन मारा

जाता है, घर के प्राणी के मरने से किसी का त्योहार मारा जाता है। त्योहार के दिन शहर में तनाव होने पर अधिकारियों की छुट्टी मारी जाती है। रोजगार चौपट होने पर किसी की आमदनी मारी जाती है तो नौकरी छूट जाने पर किसी की रोजी मारी जाती है।

सयाने कहते हैं कि किसी की पीठ भले ही मारिए, पर पेट मत मारिए।

□

लगना

अभी थोड़ी ही देर की तो बात है, बहुत गरमी लग रही थी। देखते-देखते वातावरण बदलने लगा है, हवा चलने लगी है, बादल उमड़ने लगे हैं और ऐसा लगता है कि कुछ ही मिनटों में पानी बरसने लगेगा। रात को इतनी उमस थी कि एक मिनट के लिए भी आँख नहीं लगी।

गरमी-सर्दी तो लगी ही रहती है, लेकिन मुझे बरसात से बहुत डर लगता है—कहीं यह मकान बैठने न लगे। पहले से ही उसकी दीवारों में नोना लगा है और धरनों में दीमक। कुछ हाथ लगे, तब तो इस मकान में भी हाथ लगने की नौबत आए। सच पूछो तो इधर कुछ हिसाब ही नहीं लग पा रहा।

बूँदा बाँदी होने लगी है।

कुछ वर्ष पहले जब मैंने यह मकान खरीदने का निश्चय किया था तब तक इसका दाम दस हजार लग चुका था। साढ़े दस हजार में हमारा सौदा पटा था और कोई दो हजार रुपए ऊपर से रजिस्ट्री, स्टांप फीस आदि में लगे थे। इस मकान के पीछे एक बिस्वा जमीन भी है, जिसमें छोटा सा बगीचा है और जिसमें तरह-तरह के पेड़-पौधे लगे हुए हैं। इनमें विभिन्न ॠतुओं में भिन्न-भिन्न प्रकार के ढेरों फल-फूल भी लगते हैं। सच तो यह है कि मुझे यह बगीचा इतना अच्छा लगा था कि मैंने इस जर्जर मकान का दाम साढ़े दस हजार लगा दिया।

अब पानी कुछ जोर से बरसने लगा है।

सोचता हूँ कि इस आगेवाले बरामदे को बैठक में बदल दूँ, जिसमें मेजें-कुरसियाँ न सही, चौकी पर गद्दी-तकिया तो लगा रहे। लेखक के नाते दो-चार लोगों का आना-जाना तो लगा ही रहता है। हाँ, एक शीशे की अलमारी भी होनी चाहिए, जिसमें मेरी पुस्तकें क्रम से लगी रहनी चाहिए। सजावट के लिए दो-चार आधुनिक शैली के चित्र और एक बड़ी घड़ी भी दीवार पर लगी रहनी चाहिए। बिजली तो पिछले महीने लग ही चुकी है, अब एक पंखा और लग जाए तो यह

बरामदा एवन बैठका लगने लगे।

अब तो पानी की बौछार इस बरामदे में भी आने लगी है।

लगता है कि यह मकान मुझे फला नहीं। जब से इसमें पैर रखा है कुछ-न-कुछ लगा ही रहता है। एक झंझट से जान छूटती है तो दूसरी पीछे लग जाती है। इस मकान में आने के कुछ ही दिन बाद मेरी लगी-लगाई नौकरी छूट गई। माताजी फिसल गईं और उन्हें आँख में गहरी चोट लगी और रोशनी जाती रही। पहले सुइयाँ लगती रहीं, बाद में नश्तर भी लगा। अब कुछ-कुछ उन्हें दिखाई देने लगा है और आशा है कि चश्मा लग जाने पर उनका काम किसी तरह चलने लगेगा । मेरी पत्नी का मन तो इस मकान में लगा ही नहीं। न जाने उसे कैसा रोग लग गया है कि वह सूखती ही चली जा रही है। हाथ लगने से मैला होनेवाला रूप अब मुरझा गया है—अब वह पहले जैसी कदापि नहीं लगती। लगकर इलाज कर रहा हूँ। दूध की बँधी भी लगी है—अपनी गाय तो इधर लगती ही नहीं। ताजे फलों का भी सेवन करा रहा हूँ, परंतु वह है कि उसके अंग कुछ लगता ही नहीं। पता नहीं, उसे किस कंबख्त की नजर लगी है या किसी प्रेत की बाधा।

पानी की गति कुछ मंद पड़ने लगी है।

इस मुहल्ले में ही एक सज्जन हैं, जो हमारी पत्नी के दूर के भाई लगते हैं। हमारे यहाँ उनका आना-जाना बराबर लगा रहता है। हमारे पड़ोस में जो सेंध लगी थी, उसके संबंध में उन्हीं का नाम लगा था। अगर बीच में मैं न पड़ता तो पुलिस ने उन्हें ठिकाने लगा दिया होता। दंड-भोग से तो वे किसी तरह बच गए, परंतु उनके हजारों रुपए पुलिस तथा अधिकारियों की जेब भरने में अवश्य लगे। अपने राम को तो वैसे अपने ही घर की सदा चिंता लगी रहती है तो भी यथाशक्ति उनके लिए काफी दौड़-धूप की, जिसमें अपना भी काफी समय लगा और थोड़ा-बहुत पैसा भी। अब तो वे हमसे आँखें बदलने लगे हैं। शायद वे यही सोच रहे हों कि हम दूर से बैठे तमाशा देखने में लगे हैं। वे घर भर के मुँह लगे तो पहले से ही थे, इसलिए अब लगती-चुभती बातें कहने में भी उन्हें संकोच नहीं होता। लो! एक हत्या और आ लगी।

पानी थमने लगा है।

'पिताजी आपकी थाली लगी है—चलिए। भगवान् को भोग भी कब का लग चुका है।' रसोई में जीमने तो जा बैठा और जीमने भी लगा, परंतु भोजन आज कुछ अच्छा नहीं लगा। भोजन गरम-गरम था, परंतु बहुत गरम या बहुत ठंडी चीजें

अपने से नहीं चलतीं—दाँतों में लगती हैं। जैसे ही पहला कौर मुँह में डाला—मिर्चें लगीं, ढेरों मिर्चें थीं भिंडी में। दूसरा कौर जब मुँह में डाला तो मेरे चेहरे की आकृति देखकर मेरी पत्नी स्वयं कहने लगीं कि आज दाल कुछ लग गई है। यह तो आप मानेंगे ही कि अब यदि कुछ कहा जाता है तो एक अजीब दिल्लगी होगी और श्रीमतीजी को भी बुरा लगेगा।

बादल छँटने लगे हैं।

धोती-कुरता पहन, चश्मा-टोपी लगा मैं घर से निकल पड़ा हूँ। काम-धंधा जब लगेगा, तब देखा जाएगा। अभी भी नाव मँझधार में है, किनारे लगे तो जानूँ।

□

भरना

दिन निकलते ही कोई नल से पानी भरने के लिए चल पड़ता है तो कोई भरा लोटा लिये जंगल जाने के लिए निकल पड़ता है। नींद खुलते ही किसी को मुँह में पान भरने की सूझती है तो किसी को घड़ी में चाबी भरने की। बिस्तर छोड़ते ही बच्चों को पेट भरने की, जवानों को चाय की चुस्कियाँ भरने की और बुड्ढों को चिलम भरने की फिक्र लग जाती है।

प्राय: सभी को अपना तथा अपने परिवार का पेट भरने के लिए कुछ-न-कुछ करना पड़ता है। कोई दिन भर की दौड़-धूप से कुछ प्राप्त कर लेता है तो उसे प्राप्त करने के लिए किसी दूसरे को जीवनभर किसी की मुट्ठियाँ भरनी पड़ती हैं। आपा-धापी के इस युग में हम देखते हैं कि योग्य, किंतु साधन-विहीन युवक इसलिए अपनी योग्यता के अनुरूप पद नहीं प्राप्त कर सकता कि वह अधिकारियों की जेब नहीं भर पाता। तिस पर आश्चर्य इस बात का होता है, जब हम जनतंत्र के सत्ताधारी प्रहरियों को, अपने भाई-भतीजों को ही हर विभाग में भरने के लिए कृतसंकल्प देखते हैं।

किसी का जीवन मस्ती से भरा होता है तो कोई आजीवन आह भरता रह जाता है। कोई गुस्से से भरा बैठा हो तो उसके पास जाने का साहस नहीं होता, लेकिन उस भले आदमी का साथ छोड़ते नहीं बनता, जिसका हृदय वात्सल्य से भरा होता है। भरी-पूरी जवानी, जादू भरे नयन और लाज भरा सौंदर्य किसे आकृष्ट नहीं करता? ऐसे भावुकों की भी कमी नहीं, जिनके लिए कहा गया है—आँख मिलाई दिल भर आया; परंतु ऐसे सिरफिरों की भी कमी नहीं, जिनका संसार से दिल भर गया होता है। माँ बच्चे को भर आँख नहीं देखती, परंतु उसे विकल और रुआँसा देखकर उसकी आँख अवश्य भर आती है। जब प्रेयसी बन-ठनकर बैठती है तब प्रिय उसे जी भर निहारता रह जाता है। वह प्रेमी कैसा, जो सिसकियाँ भरती प्रेमिका को देखकर भुजाओं में न भर ले।

प्रकृति की निराली छटा देखी है! प्रकृति चितेरी ने न जाने कैसे-कैसे रंग भरे हैं और न जाने कैसी जादूभरी छड़ी घुमाई है। पेड़ फलों से भरे होते हैं और पौधे फूलों से। मैदान हरियाली से भरे होते हैं और खेत फसलों से। कोयलें कूक भरती हैं तो बंदर किलकार। खरगोश छलाँगें भरते हैं तो हिरन चौकड़ी। आषाढ़ की भरी दोपहरी यदि जला मारती है तो शरद की तारों भरी रात अमृत वर्षा भी करती है। सावन में आकाश बादलों से भर जाता है तो ताल पानी से। इस बहुतायत में एक चकोर भी है, जो आशाभरी दृष्टि से स्वाति की एक बूँद के लिए ऊपर ताक रहा है। यह तो आप मानेंगे ही कि प्राकृतिक सुषमा के आगे मानवीय कृत्रिम सौंदर्य पानी भरता है।

कोई लोटा भर पीता है, कोई गिलास भर पीता है और कोई चुल्लू भर में उल्लू हो जाता है। प्रकाश के लिए पहले दीये में तेल भरना पड़ता था, अब बिजली का बिल भरना पड़ता है। 'जो करता है सो भरता है', इस विचारधारा के लोगों की संख्या घटती जा रही है। नए युग की नई विचारधारा है— 'करे कोई, भरे कोई, मरे कोई।'

एक क्षेत्र और! वह है हमारा शरीर, जिसका अंग-अंग 'भरना' का गुण गाता है। किसी की माँग भरी जाती है तो किसी की गोद। कभी किसी के कान भरने पड़ते हैं तो कभी किसी का मुँह भरना पड़ता है। करुण दृश्य देखकर किसी की आँखें भर आती हैं तो उस दृश्य का वर्णन करते-करते किसी का गला भर आता है। किसी की नस-नस में शरारत भरी होती है तो किसी की रग-रग में बाँकपन। जवानी में ही चेहरा भरा रहता है, बुढ़ापे में तो झुर्रियों से भर जाता है। चलते-चलते यदि छोटे बच्चों के पैर भर जाते हैं तो चरखा चलाते-चलाते युवतियों के भी हाथ भर जाते हैं। किसी का तो मुट्ठी भर चने से पेट भर जाता है, परंतु किसी का छप्पन पदार्थ सुलभ होने पर भी जी नहीं भरता। ऐसे व्यक्ति के संबंध में यही कहना पड़ता है कि उसके भेजे में फितूर भरा हुआ है।

हम ईश्वर से प्रार्थना करते हैं कि (आप स्त्री हैं तो) आपकी माँग भरी रहे, गोद हरी-भरी रहे, घर भरा रहे, थैली भरी रहे; क्यों साहब ठीक है न? आप हमारी सही भरें न भरें, हम तो आप ही का दम भरने वालों में से हैं।

□

पड़ना

आज सुबह देर तक बिछौने पर पड़ा रहा। कल से ठंड कुछ अधिक पड़ने लगी है, इसलिए प्रतिदिन की तरह सुबह पाँच बजे उठने की हिम्मत ही न पड़ी। लगता था कि कहीं आस-पास जोर की वर्षा हुई है या फिर कहीं ओले भी पड़े हों तो कोई आश्चर्य नहीं। सुबह का समाचार-पत्र भी पलंग पर पड़े-पड़े ही उलट-पलट डाला। 'छपते-छपते' में शिमला में बर्फ पड़ने का समाचार भी दिया था, संभवत: यह बेमौसम की ठंड उसी का परिणाम हो। इन दिनों पड़नी चाहिए थी गरमी और पड़ रही है ठंड। स्थानीय समाचारों में शहर के पक्के महाल में कल दिन-दहाड़े डाका पड़ने का सचित्र विवरण दिया था।

जिसको सुबह टहलने की आदत पड़ी हो, वह आखिर कब तक चारपाई पर दुबका पड़ा रह सकता है। जैसे ही धूप के दर्शन हुए अपने राम कंपनी बाग को निकल पड़े। सच पूछो तो जब तक मैं कंपनी बाग के चार चक्कर नहीं लगा लेता तब तक मुझे चैन नहीं पड़ता, परंतु आज का टहलना महँगा पड़ा। मेरी नाक बहने लगी थी, कुछ ज्वर भी प्रतीत हो रहा था, ठंड खा गया था और लग रहा था कि कहीं बीमार न पड़ जाऊँ।

परंतु मैं बीमार-वीमार कुछ पड़ा नहीं। घर पहुँचने पर गरम-गरम दो प्याले चाय पेट में पड़ते ही जैसे जान शरीर में आ गई। तभी माताजी ने कहा कि आज सोमवती अमावस्या पड़ी है, गंगा स्नान कर आओ। आज छुट्टी तो थी, पर कई काम निपटाने को पड़े थे, इसलिए मन में आया कि न कर दूँ। परंतु माँ की अवस्था देखते हुए न करते नहीं बन पड़ा। अब वह चंद दिनों की मेहमान है, तीन बार दिल का दौरा इसी महीने उसे पड़ चुका है। पहले माँ गंगा-विश्वनाथ स्वयं चली जाती थी, परंतु इस बीमारी के कारण खटिया पर लाचार पड़ी रहती है। तब तक क्या देखता हूँ कि श्रीमतीजी थैला लिये गंगा चलने के लिए सामने तैयार खड़ी हैं, फिर मुझे उनका साथ देना पड़ा। गले पड़ा ढोल हर एक को समय-कुसमय बजाना ही

पड़ता है। फिर हमें गंगा जाना भी पड़ा और नहाना भी पड़ा। सैकड़ों सीढ़ियाँ उतरनी-चढ़नी पड़ीं—उससे जो दम फूल गया सो अलग।

गिरते-पड़ते बाबा विश्वनाथ के मंदिर की ओर बढ़े तो एक उचक्का हमारी श्रीमतीजी की सिकड़ी ले उड़ा। अच्छी चपत पड़ी। जिसके सिर पड़ती है, वही जानता है। हमारी पत्नी के आँसू निकल पड़े। खैर! बाबा के दर्शन करके किसी तरह घर को हम लोग लौट पड़े। रास्ते भर मैं चुप ही रहा, अगर कुछ कहता तो श्रीमती उलटे ही मुझ पर बरस पड़तीं।

बारह बजते-बजते घर पहुँचे, पेट में चूहे कूद रहे थे, इसलिए आते ही थाली पर टूट पड़े। बिटिया ने भोजन बनाया था, इसलिए कुछ कहते नहीं बन पड़ा। दाल में नमक ज्यादा पड़ गया था और तरकारी में मिर्च। कुछ कह देता तो वह रो पड़ती। कोई मौका पड़ेगा तो उसे समझा दिया जाएगा। याद आया कि टोकरी में कल के लँगड़े आम पड़े हैं। गुजारा करना ही पड़ता है। काश! हम उन लोगों की भी कभी सोचते, जिनके यहाँ खाने के लाले पड़े रहते हैं। आम गरीबों का फल है, जिसे मुनाफाखोर पाँच रुपए किलो से यह कहकर कम नहीं बेचते कि इससे कम पर पड़ता ही नहीं।

□

बात

जो मिलता है, पूछता है क्या बात है? कोई बात तो होगी, जो आप इतने परेशान हैं? बात भी तो कुछ बताओ।

वास्तव में बात कुछ भी नहीं और है भी। कल भैया और भाभी में बात बढ़ गई। वैसे इधर बराबर इन दोनों में बात-बात पर झगड़ा होता ही रहता है। दोनों ही बात में बात निकालने में तेज हैं, साथ ही बाल की खाल उतारने में भी। कल बिटिया की किसी बात को लेकर उलझ पड़े। बात का बतंगड़ बन गया। भाभी की कोई बात भैया को चुभ गई। बात यहाँ तक आ पहुँची कि भैया ने दो हाथ जड़ दिए और तलाक दे डालने की बात भी मुँह से निकाल दी। भाभी ने इस बात को तूल दिया और बच्चों को रोते-धोते छोड़ मायके चली गईं।

आज सुबह भैया से मैंने निवेदन किया कि जो बात हुई, उस पर खाक डालो, भाभी को ले आओ, बच्चे ही नहीं उनके कारण हम सब भी तो परेशान हैं। भैया को यह बात अच्छी नहीं लगी। उलटे दो बातें उन्होंने मुझे सुनाई और दफ्तर चले गए।

अब बात बने तो कैसे? हमारे माता-पिता अपने राम-भजन में मस्त रहते हैं और भैया-भाभी की किसी बात में दखल नहीं देते। वैसे मैं भी उनकी किसी बात में न बोलता हूँ, न पड़ता हूँ। फिर हमारे भैया भी तो ऐसे हैं कि हम लोगों से कभी ठीक से बात तक नहीं करते।

घर की बात उड़ने से क्यों रुकती? बात फैली ही। कल से पास-पड़ोस के कई लोग मुझसे पूछने आए, परंतु बात का कोई ओर-छोर होता तो उनसे बताता भी। मियाँ-बीबी की बात है, वे आपस में निपटते फिरेंगे। मैं सोचता था कि एक-दो दिन में बात आई-गई हो जाएगी, फिर व्यर्थ चर्चा से फायदा!

फिर एक बात मेरे ध्यान में आई। सोचा कि भाभी को ही बातों में बहलाकर वापस लाया जाए। भाभी बस एक ही बात पकड़े बैठी थीं कि तुम्हारे भैया पहले

मुझे तलाक दे लें। मैंने भाभी को समझाया कि तुम्हारा हठ व्यर्थ है और यदि तुम इस बात पर अड़ोगी तो भैया दूसरी शादी अवश्य कर लेंगे। यह बात तुम गाँठ बाँध रखो कि भैया को सनक सवार हो जाए तो वह अपनी बात से पीछे हटनेवाले नहीं। फिर भाभी के कान में यह बात भी डाल दी कि कहीं ऐसा न हो कि भैया दफ्तरवाली उस चुड़ैल टाइपिस्ट के चक्कर में पड़ जाएँ। मेरी यह बात असर कर गई। भाभी मेरी बात बढ़ाने से बाज आईं।

□□□